严建国诗文集

严建国 / 著

中国华侨出版社
·北京·

图书在版编目（CIP）数据

严建国诗文集 / 严建国著. — 北京：中国华侨出版社，2020.9

ISBN 978-7-5113-8299-3

Ⅰ.①严… Ⅱ.①严… Ⅲ.①中国文学—当代文学—作品综合集

Ⅳ.①I217.2

中国版本图书馆CIP数据核字（2020）第 138390 号

● **严建国诗文集**

著　　者 / 严建国

责任编辑 / 江　冰

封面设计 / 何洁薇

经　　销 / 新华书店

开　　本 / 710毫米×1000毫米　　1/16　　印张/14.5　　字数/230千字

印　　刷 / 北京天正元印务有限公司

版　　次 / 2020 年 9 月第 1 版　　2020 年 9 月第 1 次印刷

书　　号 / ISBN 978-7-5113-8299-3

定　　价 / 52.00元

中国华侨出版社　　北京市朝阳区西坝河东里77号楼底商5号　　邮编：100028

法律顾问：陈鹰律师事务所

发 行 部：（010）64443051　　传　真：（010）64439708

网　　址：www.oveaschin.com　　E-mail：oveaschin@sina.com

如发现印装质量问题，影响阅读，请与印刷厂联系调换。

前　言

　　文稿的结集出版，圆了我的一个梦。还在初中阶段，因为一两篇作文被老师在课堂上给予好评，就飘飘然，希望将来能出几本书，与文学沾上一点边儿，满足一点虚荣。到了高中，意志已十分坚定。每天写一篇日记，字数不少于一千。几年下来，写了厚厚几大本，有一百多万字。还写了几十篇短小说和一部中篇小说。进了大学，除了写短篇，还写了一部长篇。每天在教室里爬格子，直到凌晨一两点。工作以后，由于工作繁忙，每天起早摸黑，养家糊口，为生活奔波，文学创作的事被抛到九霄云外。

　　2010年，我孙女生日的那一天，我写了一首小诗祝贺。孙女看了很开心，啧啧称赞。从此，深埋于心灵深处那些文字幽灵又探头探脑地溜出来，让我不得安宁。我又拿起笔，写诗歌，写小说，写散文。十年内，先后写了1500多首(篇)。在各大网刊和纸刊发表的有500多首(篇)。2016年，我从所有的工作岗位上退下来，成为真正意义上的宅男，把文学创作作为唯一的家庭作业。我的作品，有难产的，有顺产的，有小天鹅，有丑小鸭，我都非常珍惜。他们毕竟都是我的亲生。我一直想把我的作品结集出版。原打算出4~5集，但考虑到多种因素，打算出两集，一集为诗歌，一集为小说散文。内容都是我反复筛选的。限于篇幅，有些自我感觉良好的诗歌，只能忍痛割爱。我不敢说，收进集子里的诗有多好，但至少是我所喜欢的。

　　第一卷《岁月的歌》收集了250多首诗。把原来3卷中的800多首压缩成一卷，把原3卷的书名改为第3辑。我的诗都是从现实生活中提炼出来的，常常是触景生情，触景生思，触景生诗。因此，我的诗集冠名《岁月的歌》。其中，岁月哲思是探索生活中蕴含的哲理和对生活的领悟；岁月拾遗是摄取生活中的一个个小镜头，是褒是贬，让读者去评说；岁月爱恋是抒发对生活的爱，抒发亲情、友情、爱情，抒发对生活搏击奋进的精神。凡是生活中的所见所闻所历，灵感一来就入诗。有时走在路上，耳闻目睹，灵感会像小飞虫，迎面飞来，发自心头的诗呼之欲出。最多时一天写 3 首，也有十多天写不出一首，大有江郎才尽、才思枯竭的感叹。

第二卷《时光脚印》收集了将近 20 篇小说散文。我的小说也是从生活中来，主要人物有生活原型。当然，故事情节都是加工过的，使其曲折生动，具有一定的典型意义。有几篇在杂志上发表过，受到一定的好评。散文都是我亲历的所见所闻，是时代潮流中激发出来的一朵朵小浪花。在结构上，尽量删繁就简，巧妙安排。如《梧桐更兼细雨》，把一连串的情节，安排在梧桐树下，取得一定的艺术效果。其中有的散文得过奖，编纂到年度散文集。

一个八十高龄的人，对文学创作情有独钟。灵感犹如蜗牛的触角，仍保持相当的敏感度，成为我晚年生活的重要组成部分，让我远离牌桌，远离百无聊赖的消磨。我要让中学时代对文学的爱好，持续到生命的终结。这本诗文集，是我人生的一个总结，也是我今后人生的新起点。新的长篇小说也在紧锣密鼓的创作中。

严建国

2020 年 7 月 10 日

目　录

第一卷　岁月的歌

第 1 辑　岁月哲思 / 3

牛　虻 / 3

墙上的钉子 / 4

探　头 / 5

镜中人 / 5

角　色 / 6

重游火焰山 / 7

伤　疤 / 7

生命的法则 / 8

涂　鸦 / 9

合二为一 / 9

一只花蝴蝶 / 10

橡　皮 / 10

剧场（微诗一组）/ 11

独裁者 / 12

睁眼瞎 / 13

太　极 / 13

水的哲学 / 14

准备好她忽然梦醒 / 15

我把一块石子投进河里 / 15

热带鱼 / 16

花　生 / 16

时　钟 / 17

气　球 / 18

我原谅了风 / 18

伞 / 19

影子是一样的 / 19

小虫与肥猪 / 20

塑　花 / 20

枝　条 / 21

水落石出 / 21

对牛弹琴 / 22

两片叶子 / 23

风言风语 / 23

水 / 24

小雨是可以避开的 / 24

进与出 / 25

球 / 25

靠　山 / 26

我称自己老师 / 26

笼　子 / 27

磁　铁 / 27

一线天 / 28

总有对付的办法 / 28

坚　冰 / 29

风 / 29

猪的感悟 / 30

遮　盖 / 30

起跑线 / 31

石　头 / 31

仿　古 / 32

补　课 / 32

鸡　叫 / 33

樟　木 / 33

蒲公英 / 34

望远镜 / 34

气　球 / 35

历史是长久的 / 35

人与神 / 36

鱼和水 / 36

盐 / 37

诚　信 / 37

黑　云 / 38

水上水下 / 39

滑滑梯 / 39

打　靶 / 39

陷　阱 / 40

结　交 / 40

桃花和蜜蜂 / 41

禀　性 / 41

草　坪 / 42

云 / 43

味　道 / 43

黄　沙 / 44

鸟　鸣 / 44

一物降一物 / 44

空　调 / 45

饭　碗 / 45

握　手 / 46

放大镜 / 47

昙　花 / 47

羽　毛 / 48

树　林 / 48

误　入 / 49

西北风 / 49

钻进云层里的危楼 / 50

影子的忠诚 / 50

盖　棺 / 51

第 2 辑　岁月拾遗 / 52

真　相 / 52

蚁　族 / 53

煤　烟 / 53

夏　蝉 / 54

麻　雀 / 55

为何不吱一声 / 56

接太阳回家 / 56

旧　船 / 57

实　话 / 58

博　弈 / 59

烂尾楼 / 59

不协调的叫声 / 60

搬场工 / 61

世界就这么大 / 62

证　明 / 62

嘱　咐 / 63

日历说 / 64

雪战图 / 65

狐狸精 / 66

风　口 / 66

天　空 / 67

每扇窗都是紧闭的 / 68

斗　鸡 / 68

轮　胎 / 69

桃花苑 / 70

柳　絮 / 71

暗无对证 / 71

压路机 / 72

磨　诗 / 73

争　论 / 73

暴风雨（组诗）/ 74

追　求 / 75

雨 / 76

故　事 / 76

寒　流 / 77

重　量 / 77

风言风语 / 78

春　米 / 78

明码标价 / 79

难　民 / 79

胜利者 / 80

盆　栽 / 80

愤　老 / 81

华山论剑 / 82

花港观鱼 / 82

美　女 / 83

街　道 / 83

漂泊的云 / 84

叛逆的眼泪 / 84

真理是他的铁哥 / 85

不粘锅 / 85

搅局者 / 86

搅乱一池春水 / 86

诗的作茧和破茧 / 87

命硬的女人 / 87

狐假虎威 / 88

我也长了一对翅膀 / 89

加　分 / 89

海　口 / 90

结　盟 / 90

榔头与钉子 / 91

黄　梅 / 92

黄昏的云 / 92

胡　同 / 92

出　名 / 93

乌　云 / 94

奸 / 94

豪　赌 / 95

蚊　子 / 95

我想修改一个成语 / 96

蒙　面 / 96

逆　向 / 97

畜　生 / 97

火 / 98

透　视 / 99

手的功能 / 99

第 3 辑　岁月爱恋 / 100

立在浪尖的爱 / 100

渡　船 / 101

静夜思 / 101

奇　迹 / 102

拾荒老人 / 103

文化名人（组诗） / 104

知　了 / 107

独特的风景 / 108

老　钟 / 109

老人树　 / 110

挑山夫 / 110

看星星 / 111

团　圆 / 112

播　种 / 113

锁　匠 / 114

蝼　蛄 / 115

老漆匠 / 116

漏　斗 / 117

诗意人生 / 118

你与祖国同一天生日 / 118

敝　屣 / 119

航　灯 / 120

站在父亲的墓前 / 121

蝴　蝶 / 121

父亲的背包 / 122

稻草人 / 123

抹灰工 / 124

纤　夫 / 124

泥　沙 / 125

一个老人的独白 / 126

不准哭 / 126

她有一个羊妈妈 / 127

小提琴 / 129

垂　柳 / 129

两根绳子 / 130

我不敢再有承诺 / 131

除夕夜，雪花来了 / 132

秸　秆 / 132

驼背老太 / 133

画　圆 / 134

道是无情却有情 / 134

这一步跨得好大 / 135

编　织 / 135

喜鹊巢 / 136

海　浪 / 137

迎春花 / 137

鸭　子 / 138

春风的号召力 / 138

问花，花不语 / 139

起点和终点 / 139

规　律 / 140

我淋湿了雨 / 140

虫　鸣 / 141

不锈钢 / 141

告　别 / 142

党旗军旗国旗 / 142

1 加 1 / 143

星月帖 / 144

留下一点白 / 144

讲　台 / 145

冰　凌 / 145

黄包车 / 146

湿地公园 / 146

老　街 / 147

哑声的喜鹊 / 148

眼　睛 / 148

几片黄叶 / 149

巧夺天工 / 149

有一天 / 150

一万里不长 / 150

录音机里的呼唤声 / 151

使　命 / 151

情　书 / 152

老军人 / 153

号　子 / 153

影子的追求 / 154

第二卷　时光脚印

第 1 辑　小　说 / 157

三常委 / 157

跳　槽 / 162

为了忘却的记忆 / 175

倾　诉 / 178

乡村小店 / 181

第 2 辑　散　文 / 185

爱到深处却无缘 / 185

父亲的眼泪 / 189

母爱，不堪承受之重 / 191

石库门情结 / 194

相逢一笑泯恩仇 / 197

战地黄花分外香 / 199

尊重生命，敬畏尊严 / 201

身价说 / 203

人啊人 / 205

梧桐更兼细雨 / 208

我的谜团 / 211

淮上名胜茅仙洞 / 214

反　思 / 216

哭　邻 / 217

读诗的一点感想 / 219

第一卷　岁月的歌

第 1 辑　岁月哲思

牛　虻

公牛很孤独
一对弯弯的尖角
撑起两把锋利的刀
能把树砍断
大象也不敢套近乎

只有小小的牛虻
大胆爬在他的身上
美美地吸他的血
它们一点不害怕
因为吃准了
公牛没有手
只有尾巴

2013 年 3 月

墙上的钉子

深深嵌入的
是亮丽的青春
是心灵的真诚
不想做漂泊的云
用自由
换来永久的安身

心也磨成钉子
嵌入墙内
用滴血
刻录顶进的足迹
不想做流浪的风
让足印
叠成厚厚的人生教本

嵌入久了
身上长出锈斑
钉子
也化作墙身
上面挂一幅画
画面
是一个昂首站着的人

2013 年 11 月

探 头

走过的路太多
还有那些桥
已记不清路牌路标
是大桥还是小木桥

只是在小区大门
看到两个探头
记录着我晨出晚归的脚步
除了心里想的
什么都擦拭不掉

人生的出入口
也有一个探头
不知什么时候打开按钮
所有的隐私都藏在里面
我看了
会不会心跳

2013 年 9 月

镜中人

我前进时，你走近我
后退时，你远离我
我与你，若即若离

高兴时，你伴我欢笑
伤心时，你陪我流泪
我与你，同路的知己

你在我这里
看到了你自己
我在你那里
看到了我自己
我与你
却看不到彼此的心里

把心扉敞开
静静地凝视
不必专注于对方
你在里面照你
我在外面照自己

2012 年 7 月 21 日

角　色

劈柴、砍树是拿手戏
把一个葫芦剁碎也力所能及
面对一缸水，却束手无策
瓢则充当了主角
水顺从地由它调遣
刀与瓢同居一室。相安无事
服从导演的安排，不抢镜头

不让一个亮相演砸自己的角色

2019 年 12 月 11 日

重游火焰山

没有什么隐私需要遮遮掩掩
连一块小小的疤痕也裸露在外
火烧、风吹、日晒、雨淋
把所有遮羞的
撕得白茫茫一干二净

不见绿树，不见草青
游人如织。都说
绿水青山是多胞胎
那个寸草不长的光头
却是地球的独生子
如今老矣，依然单身

2016 年 10 月 10 日

伤　疤

一块伤疤烙在后背
在我的视线之外
当年的疼痛
演化成一个镜头
摄下我放大的背影

昨天在两面镜子的对照下
发现那个伤疤不再丑陋
凹凸有致
酷似镜面的一朵花

2014 年 12 月 17 日

生命的法则

年龄是可以遮盖的
起码是白发。长出来
就让它变黑。生命力再顽强
也是我的手下败将

屡败屡战。一不小心
就出头露面。我刀割色染
黑与白的决斗
日趋白热化

等我老了，还有子孙
生存的斗争，没完没了
走到尽头，两条生命的
法则，终将握手言和

2015 年 3 月 2 日

涂 鸦

海堤新砌的长墙上
涂上了五个浓黑的大字
"我爱你，海蒂"

我问长墙
现在爱的距离这么近
为什么要把绵绵的情语
献给你

长墙笑着回答
不要傻里傻气
他把情话献给我
是因为他爱的人
远在天际
在那云里雾里

2012 年 2 月 3 日

合二为一

在哲学里
我学会了一分为二

笑口常开
大腹便便

在弥勒佛前
我学会了合二为一

2015 年 5 月 12 日

一只花蝴蝶

穿过花丛，一只花蝴蝶
立在我的手背
一点不害怕我会伤害她
我是一个男人，一个老头儿
身上没戴花，没有香味
只有外表眉慈目善
凭什么让她如此留恋

我不忍心驱赶她
更不忍心伤害
只是一只山鹰俯冲过来时
我的手不由自主地剧烈颤动
她一下飞走了
最让我伤心的是，她飞走时
竟然没有回头

2015 年 6 月 22 日

橡　皮

我的粗心和浮躁

常常会在白纸上留下污渍
去除的办法是一遍一遍地擦
用唾液，涂改液，最多的是用橡皮

铅笔的痕迹容易擦掉
难的是钢笔和水笔
每擦一遍，都留下拭痕
擦得重了，成一个个漏洞
像一张渔网，千疮百孔

朋友说擦是没有用的
错了就错了
后面补一个订正就好
你看看夜空
黑的，亮的，圆的，亏的
都是原生态
那才是真实的月亮

2015 年 7 月 10 日

剧场（微诗一组）

1. 舞台
拉上大幕，是小舞台
揭开大幕，是大世界

2. 导演
台前，一切行动听指挥
台后，垂帘听政

3. 演员
要认识真实的我
只有下台

4. 乐队
长得漂漂亮亮
甘愿当伴娘

5. 观众
感动，是因为
伪装得太像

2014 年 10 月 23 日

独裁者

没有人把它当仙女
尽管它从天庭下凡
走路轻飘飘的姿势
称不出多少重量。三个手指
可以把它拧成一摊死水

全凭人多势众，送上独裁者宝座
高山、大树、黑土地
都逃不出它的统治
扯起纯白的国旗
让世界变成一种颜色

压迫到了临界点
世界出其不意的安静
生死的博弈于无声处
春天不会放慢脚步

2015 年 10 月 4 日

睁眼瞎

他说是黑马，我说是
他说是黄牛，我说是
他说是爱犬，我说是
他说是恶狗，我说是
朋友说，难道你什么都不怀疑？
我说，难道你怀疑我不是瞎子？

2015 年 10 月 26 日

太　极

抱着透明的地球
每天推出一千个故事
演绎春夏秋冬的变革
把阳光拉进怀里

没有责任只是某些人的
托词。我的爱始终如一
不管怎么推和拉

那个透明的球
一直完好无损，一尘不染

2015 年 2 月 1 日

水的哲学

都说柔情如水
那是在亲人和朋友面前
北极风说我是石头
再穷追猛追
也打不开我的心扉

火是真心爱我的
给我带来温暖
但热情过了头我也受不了
躲到云堆里。如不收敛
就化作一场倾盆大雨
把它的野性浇灭

石头和云都是被逼上梁山的
不是我的原生态
愿做一名小女子
徜徉在温馨的港湾

2015 年 12 月 7 日

准备好她忽然梦醒

希望云不要醒来
一直睡下去
她的睡姿淡定
像一块轻柔的白纱
大地在白纱帐里呼吸均匀

噩梦常与她共眠
醒来时把噩梦推出
发怒、暴躁、吼叫
白脸转黑。一跺脚
会把大地跺痛，发出呻吟

别闲着
趁她熟睡的时候
准备好她忽然梦醒

2016 年 3 月 2 日

我把一块石子投进河里

我把一块石子投进河里
石子沉下去，水花冒上来

一枚树叶掉在河面。轻漂
好像什么事也没有发生

我不想沉下去
却想让水花冒上来

朋友说，那你就站在岸上
观鱼。别下来

2016 年 3 月 16 日

热带鱼

扁的，长的，大的，小的
一群热带鱼，在水中摇头摆尾
怡然自得。它们横跨半个地球
从火炉之地搬家到北国之北
别以为它们已改变了习性
它们须臾离不开那个大鱼缸
那是北国的热带。权当南国的海
只要博得主子的开怀
北国有江南。冰窟有热带

2019 年 12 月 20 日

花　生

一杯小酒
嚼出花生的香味
笼子里的小鸟看着我
伸出脑袋

嗅出空气中的酒香

它是不喝酒的

我把一粒花生

夹到它的嘴里

它很快吐出来

不是花生大了

它的喙里没有牙

不知花生比美酒更有香味

2016 年 5 月 30 日

时　钟

在同一个地盘

有健步如飞的

有甘居中游的

有举步维艰的

各走各的路

不需要批评和表扬

在这个地盘上

没有越权者、偷渡者、攀比者

谁也不希望它们步调一致

包括对立面

2016 年 8 月 1 日

气　球

沉默也是一种生存
厄运是从吹开始的
飘飘然，寻求出人头地
升天是一条不归路
上面风云变幻
空空的皮囊不堪一击
生命从吹开始
到吹结束
吹突破了临界
偌大的天空只是一个豪奢的墓穴
与白云拥抱成为不醒的梦

2016 年 10 月 4 日

我原谅了风

宁静的日子有限
总是埋怨风
让大海愤懑不平
沉下去，再沉下去
深入海穴，潜到海底
礁石，沟壑，黑洞触摸皆是
腹中的积郁和不平天长时久
一上岸，我就原谅了风
对冲动的浪花给予安抚

2017 年 4 月 17 日

伞

遮阳、挡雨
偶尔权当拐杖
知遇之恩 当在盛夏
不过赞美之词
我还不愿说出
助我的时候
天地变小了。每次下雨
总是唠唠叨叨，居功自傲
改不了一手遮天的秉性

2016 年 1 月 17 日

影子是一样的

珠穆朗玛峰很自信，大地上
没有哪座山高出我的头

大熊猫很自傲，除了我
山林里没有哪个称得上国宝

牡丹花很自负，没有谁
长得比我俏

正午，它们看了看阳光下的影子
集体沉默

2017 年 4 月 11 日

小虫与肥猪

一头肥猪，二百公斤
一条小虫，零点二克
肥猪总是抬不起头
姑娘怕肥，老人怕脂肪堵塞
躲得远远的
虫子落脚的地方车水马龙
宝马、保时捷、法拉利
让虫子的故乡蓬荜生辉
一虫难求。一斤虫子的价格
抵得上肥猪十头

肥猪的后面，站着一个饲养员
小虫的背后，站着一排专家权威

2017 年 5 月 12 日

塑　花

那一瓶花陪我很久了
一直保持盛开的姿势
已经过了四个季节
许多花开了就谢，谢了又开
都不如她的生命旺盛
称她红颜知己似乎有点过头
但她迎来送往，为悦己者容

始终保持粉嫩的笑脸

我说不出她有什么缺陷

假的永远比真的圆满

2017 年 6 月 27 日

枝　条

更多时候

是一双酥酥手

微风轻抚，舒展温柔

雷公一吼就挥舞鞭子

让你伤痕累累

其实它与谁都无冤无仇

它的背后另有一手

2017 年 7 月 11 日

水落石出

我说的石头记

与金陵十二钗无关

与曹雪芹的梦无关

石头上刻录的是一桩冤案

六月雪已经下过几场了

窦娥还没有昭雪

真相随同石头一起沉入海底

翻江倒海，水落石出

是生死不变的期盼
已经等了一百年，还要等下去
好在灵魂不死，准备再等
一千年。一万年

2017 年 8 月 1 日

对牛弹琴

面对音乐，牛是低能儿
小提琴"梁祝"与蛤蟆的叫声
都是空气的振动
没有高雅和粗鄙之分
我不会在它面前吟诗
不会去弹琴

牛的头一直低着吃草
突然抬头一声长吼
唤来一群同类
它们站立的方式是训练有素的
公的、母的、大的、小的
各自发出长短不一的叫声
兴奋时摆动欢乐的尾巴
它们在鸣叫的时候
没有那个看我一眼
大概都不屑于"对人弹琴"

2016 年 9 月 30 日

两片叶子

两片叶子泛黄
它们从同一棵树上落下来
飘落的姿势相似
落地的时间相同
摔下时它们没有喊疼
触地即起，翩翩起舞
舞姿很专业，很协调
风一伴奏，它们就学鸟儿飞
时不时展示翻滚的技艺
它们的表演分明是给绿叶看的
不必恋枝。落地与落寞
不是同义词。低处
天高地广海阔

2017 年 8 月 7 日

风言风语

风是能说话的
风声是风的语言
许多私密话
经风一吹
就满天飞舞。有时
一句话被风吹成两截
从此分居两地，永不见面

我慢慢读懂了风的语言
风声一响，过愚人节

2017 年 5 月 22 日

水

热情与柔情融为一体
小鸟依人
要长要短，要方要圆
随你所愿

容不得你背叛
一旦春风变脸，爱的热度降到冰点
柔情就化作一块石头
硬碰硬

2017 年 8 月 26 日

小雨是可以避开的

小雨是可以避开的
小雪是可以避开的
微风是可以避开的
只用干打垒
现在围护越来越坚
建起了铜墙铁壁
大雨可以避开
大雪可以避开

大风可以避开。却害怕
一不小心
让无数个"小"闯进来

2017 年 9 月 11 日

进与出

门口犹豫再三
还是退出来了
里面油焦味呛人

门外观望良久
终于钻进去了
屋里的油香气诱人

2017 年 9 月 13 日

球

拍一次，跳一下
出手重了，跳得更高
一个愣小子。不吃硬，不怕压
不屈、不挠、不垮
如果拴上一根绳子
则是另一副模样
轻轻一拉，就会在你背后
左转、右转、直行

紧跟，尾随，一步不落

所有烈性牛，在一根绳子面前
都称孺子牛

2017 年 9 月 28 日

靠　山

说不上苗条
但绝对不在肥胖之列
大风一来，粗壮的连根拔起
纷纷倒下。它依然站稳脚跟
前后左右都是大山
是得天独厚的依靠
后来它的倒下与风无关
却倒得更惨。树干和枝叶
失联。尸体无存
它从未设防
大山会有泥石流

2017 年 9 月 30 日

我称自己老师

我称自己老师，不是好为人师
我只是把自己分身：
昨天的我，今天的我，明天的我

今天的我拜昨天的我为师

明天的我拜今天的我为师

昨天的我需要放大再放大

让身上的疤痕如灯，肌肉如坡

今天的我也应放大再放大

让两耳如风，双目如镜

一年又一年过去

我的疤痕和肌肉编成了教材

我的耳目成了导师

临终之前，我会对着昨天的我

唤一声："我的老师！"

2017 年 10 月 16 日

笼　子

鸟的笼子太小，它总想飞出去

虎的笼子很大，比不上山林

飞禽的笼子更大，比不上天空

他们是自由的，海阔天空

但周遭也有一个笼子

行走不受限，手则不能伸出笼外

2017 年 10 月 23 日

磁　铁

同性相吸。这与生物界绝然相反

哪里一站，就纷纷靠拢
凝聚，没有谁能阻拦
最大的遗憾是只能吸铁
对金和银毫无吸引力
站在钻石后面，不见有回头率

2017 年 10 月 30 日

一线天

高山很霸气
只留下一个黑洞
把阳光关在门外

太阳很牛
在山顶凿穿一条细缝
让阳光钻进来

再暗的鬼屋，也挡不住
一米阳光

2017 年 11 月 8 日

总有对付的办法

你冷，它硬
你暖，它柔
你兴风，它作浪

你不冷不热，它静静流淌

水见多识广
总有对付的办法

2017 年 12 月 7 日

坚　冰

饱经风霜
心窗已经紧锁
刀劈，手推，脚踩
无动于衷

解锁
把难题交给春风

2017 年 12 月 6 日

风

见缝就钻进去
撞墙就绕过去
碰顶就飞过去
能屈能伸，游刃有余

前方是一个密封的球体
它吹、刮、旋、袭

东南西北，寻找
隐秘的缝隙

2017 年 12 月 13 日

猪的感悟

我的主人，既当爹又当妈
最亲的是他
我的主人，既当贩子又当屠夫
最毒的是他
突然。意外。惊讶
那双温馨的手和屠宰的手
竟长在同一个枝丫

2018 年 2 月 9 日

遮　盖

云成片成片地结成死党
遮住上苍的阳光
雪成堆成堆地银装素裹
掩盖方寸的黑暗
那些手疯长成形。已超出
推土机的耐力
虫鸣声时大时小
高一阵低一阵。阵阵呼唤
春、夏、秋

雷、雨、电

2017 年 9 月 11 日

起跑线

一根线是公平的
发令枪是公平的
太阳和月亮轮流执政
也是公平的

臀部撅起，手掌撑地
做好冲刺的准备
姿势都是一样的

首尾相接
一个弱者首先到达终点
不必惊讶。这也是公平的

2017 年 9 月 22 日

石　头

冷漠，冷血，冷酷
吐出来的形容词，都是贬损的
硬气，硬朗，硬实
也有一串串的溢美
泪人和流浪者经过，它不会滋生同情

阔人和显贵者路过，也不会刻意奉迎
石头就是石头。不是鲜花，不是野草
不是烈火，不是溪水。冷与硬
都是石头秉性。正也是，负也是
褒也是，贬也是。不是完人

2018 年 3 月 25 日

仿　古

雷峰塔倒了
雷峰塔涅槃了
新老雷峰塔的脸一模一样
身材也是相同的尺寸
不知内囊已偷梁换柱
游人如织。设计师最懂得
衣帽取人

2017 年 11 月 4 日

补　课

白天洒水，晚上灌水
庄稼旱死，盆栽淹死
溢出的水，汩汩地流入缸里
流啊流，满满的
一缸春水向东流

2017 年 11 月 20 日

鸡　叫

公鸡叫是报晓
悠扬的曲调一唱，黎明就到了
母鸡叫是报功
三拍音节一奏，报告下蛋了

规律是它们自己破坏的
公鸡不仅黎明时叫
大白天不分时辰也叫
母鸡不下蛋偶尔也叫

公鸡说，我的叫声我做主
不用"金鸡报晓"的美誉把我套牢
母鸡说，我的诚信家喻户晓
偶尔造假，大家未必计较

2018 年 1 月 16 日

樟　木

体内藏有异味
虫子怕，远离
我却情有独钟
准备打造一只箱子
密封。把一颗心珍藏
天长日久，让真和善

永不虫蛀、霉变

2018 年 1 月 25 日

蒲公英

靠近，靠近，再靠近
把间隙缩小，归零
组成一个个白色的花球
比不上牡丹、玫瑰
也是一道别致的风景
风一来，散了，散了，散了
化成飞絮，各奔东西
没有了骄傲的球。无数的飞絮
也零落成泥

2018 年 5 月 7 日

望远镜

天离我很近
却不能一步登天
山与我面对面
却不能在山下流连
你就在我面前
却不能握手言欢

看似唾手可得。其实

山高、路长、水远

2018 年 5 月 14 日

气　球

耐不住低处的孤寂
一旦圆满，就想高升
来不及与白云仙子握手
就身心俱毁
路是他自己要走的
大地不屑
没有拴绳把他拉住

2018 年 5 月 7 日

历史是长久的

春是温馨的，不长久
夏是炽热的，不长久
秋是绚丽的，不长久
冬是严酷的，不长久
时间是长久的

称王称霸，不长久
单边主义，不长久
损人利己，不长久
盟友敌手，不长久

历史是长久的

2018 年 8 月 18 日

人与神

当人转化为神时
社会是跪着的
当神还原为人时
社会会立起来，高呼
我们都是
自由的神！阿门

2018 年 8 月 28 日

鱼和水

遭水重压
被浪冲击
水似乎从未款待过它
也没有额外的仁慈
鱼却须臾离不开
生怕搁浅
君不见
巨鲸，都历经风吹浪打

2019 年 9 月 9 日

盐

不管怎么看，都是及第才子
受历代当权者的青睐
当主角，是个鬼才
当配角，是个天才
让红花去出头露面
演好配角保留一台戏的情节
戏份多了不行，喧宾夺主
少了也不行，情节不能展开
缺了更不行，成为光杆司令
红花绿叶都是人生舞台的角色
地上的舞台对应天上的舞台
众星拱月，再耀眼的明星
也不与月华争辉

2018 年 11 月 3 日

诚　信

凡是来广场的，不管是谁
都以朋友相待
只要你伸出手，放一点玉米之类
它们就会飞过来，停在你的手掌上
用喙子笑纳。没有一点戒心
那天一只鸽子飞到我手掌
吃了几粒玉米。我的手捏住了
它的一只脚，它毫不设防

想逃已经来不及了。一对翅膀

猛力拍打，也逃不出我的手掌

许多鸽子在我的头顶盘旋

做出一副英雄救美的架势

最后还是把它放了

等我再次用玉米做诱饵

伸出手掌时，没有一只飞过来

包括刚飞出鸽棚的几只

我想，它们已把我列入

黑名单

2018 年 11 月 14 日

黑　云

讨厌的，不是它的颜色

棺未盖，已定论

看看它的过去，知道它的现在

翻云覆雨，一手遮天

是它的杰作

吼声和刀影是唬人的武器

兴风作浪是它的撒手锏

震怒时如同蛟龙摆尾

洒向人间都是怨

彩虹总是笑在它的后面

2019 年 1 月 5 日

水上水下

岸上一个我，水中一个我
空中一行雁，水中一行雁
天上一轮月，水中一轮月
真相是抹不掉的
别问是在岸上、空中、或天上

2019 年 1 月 24 日

滑滑梯

爬上去，滑下来
再爬，再滑
上去，一步一个台阶
下来，一滑到底
小孩玩得尽兴，乐此不疲
长大了，有些人兴趣不减
还在玩。也乐此不疲

2019 年 1 月 26 日

打　靶

瞄准。把爱、恨和理想三个点
连在一条直线上。扣动扳机
子弹穿过靶子中心

爱和恨直达理想
心和枪管的热保持一致
头脑和枪托的冷保持一致

2019 年 2 月 6 日

陷　阱

暴露在外的，均不在此列
需要伪装，掩盖，麻痹
更要来一点诱惑
一旦掉入，遍体鳞伤

爬起来，揉揉眼，再走
又一次掉入。这次怨不得眼睛
只能怪鼻子：对香味的嗅觉
太灵敏

2019 年 3 月 19 日

结　交

赤是个光鲜的词
一旦与字结交，就有了不祥的征兆
比如财政赤字、健康赤字
家庭赤字、感情赤字
与色结交，就有了阳光和生机
比如赤卫队，赤汗马，赤胆忠心

与清贫廉洁结交，就有了正气正义
比如赤条条来赤条条去
与纯结交，就没有了杂质杂念
比如赤金，赤诚，赤心
近朱者赤近墨者黑。毋相忘
赤的内核永远是红色

2019 年 3 月 28 日

桃花和蜜蜂

桃花的诱惑力，蜜蜂无法抗拒
成群结队，蜂拥而来
如同被磁铁吸引，发出嗡嗡嗡的
求爱。那些开得最大最鲜艳的
追求者络绎不绝。争相选美
树下的几朵，刚刚被风刮下
它们不再患有爱情狂想症
安心与泥土为伴。不相信
先前的追求者还会俯下身来

2019 年 4 月 5 日

禀　性

老虎吃人，蛇咬人
马蜂刺人，蜘蛛毒人
都是祖宗留下的遗产

只有驯养员的指挥棒

让吃人的猛虎温良恭俭让

毒蛇，在玩蛇人的怀里

成为乖乖女。马蜂和蜘蛛自诩

别看它们名声在外

让人的指挥棒失灵的

是我们

2019 年 4 月 28 日

草　坪

整齐划一，生意盎然

如同球场上的仪仗队

不怕践踏，不倒不腐

称得上草莽英雄

不与大树比高下。向左右看齐

铺成一条平展展的绿地毯

没有谁愿意出头露面

草的家谱里也有精英和贵族

那些铺草工，捧着一块块草皮

小心翼翼，如同捧着一只只

金元宝

2019 年 6 月 21 日

云

云是白的，或是黑的
或是多彩的
早晨是白的，中午是黑的
黄昏是多彩的
白的时候，不要相信它是白的
黑的时候，不要相信它是黑的
多彩的时候，不要相信它是多彩的
高处不胜寒。云就是云

2019 年 6 月 24 日

味　道

飘逸的
鼻子能闻到
外露的
舌尖能舔到
有颜色的
视觉能感受到
坚果什么味？鼻舌眼摇头
只有善于咀嚼的牙齿知道

2019 年 7 月 8 日

黄　沙

与海浪相伴，激情澎湃
做风的扈从，成为恼人的风沙
与钢铁水泥组合
长成巍巍的摩天大厦

2019 年 7 月 8 日

鸟　鸣

百灵和麻雀都喜好唱歌
歌声却是天上地下
百灵联唱是举办空中音乐会
绕梁有余音
麻雀叽叽喳喳，是噪声
不过喜好是旁听者的选择
百灵从未有过炫耀的初衷
高山自遇知音。麻雀也从未认输
它的叽叽喳喳，草木爱听

2019 年 7 月 13 日

一物降一物

大雪，一夜之间银装素裹

概莫能外。霸凌

太阳，横扫千军如卷席
山清水秀复旧。霸气

一物降一物

2019 年 7 月 16 日

空　调

外面的世界水深火热
桃花源里凉爽宜人
保卫家园，抵御火神入侵
如守疆战士，昼夜尽职尽心
管好一方领土，不干预
外面的世界。与周边和平共处
宇宙的事，让宙斯去做主

2019 年 7 月 25 日

饭　碗

用途是一样的
金饭碗，铁饭碗，泥饭碗
都是餐具。档次大相径庭
金饭碗装的是山珍海味
铁饭碗装的是鱼肉荤腥

泥饭碗装的是萝卜青菜

金饭碗说，我是金属之首

代表精英。铁饭碗说

我是金属中的硬汉，风雨不侵

泥饭碗说，我化得快，捏得快

经过烧铸，化作石碗

不锈、不碎、不烂。金不换

2019 年 8 月 15 日

握　手

握手。对方握过玫瑰

我留香了

握手。对方掌上长刺

我被刺痛了

不想沾香，不想被刺

握常人的手

握紧一点，再紧一点

传递彼此的热

2019 年 8 月 19 日

放大镜

隐藏有什么用
终究让你暴露无遗
逃与不逃，都是死路一条

一粒小小的黑点
被无限放大。黑点是人
人是黑点。上下腹背都黑了

成也萧何，败也萧何

2019 年 9 月 8 日

昙　花

褒我者冠我以花魁
我淡定
贬我者哀我为薄命
我淡定
辉煌时不与名花媲美
凋谢时不与落花同病相怜
枯与荣让岁月去评说
瞬间的美会写进历史
刻下浓重的一笔
长与短，在时间老人面前
可以忽略不计

2019 年 9 月 12 日

羽　毛

随风起舞是它的拿手本领
一把鹅毛扇让诸葛亮计谋顿生
做成毽子助你弹跳自如
拿来碰硬是找错了对象
把它当令箭是绝望者之举
如同落水者抓一根稻草救命

2019 年 10 月 12 日

树　林

柳树是情侣约会的场所
枝条婀娜多姿，是柔美的化身
杨柳岸晓风残月成千古绝唱
松树是高山卫士，威武雄壮
其高风亮节为世人称道
藤蔓的攀附手腕无与伦比
把大树抱得很紧很紧
一直攀到树顶。小草处在最底层
大树把阳光都占领了。它们荣了枯
枯了荣，彰显生命之顽强
走进树林，一如走进大观园
走进广场拥挤的人群

2019 年 10 月 12 日

误　入

一只麻雀误入我的客厅

我即刻把门窗关紧

来个瓮中捉鳖

麻雀打算原路飞出

连撞几次窗子玻璃

无功而返。接着在四壁莽撞

我开窗，有意放它

它有了几次撞玻璃的失败

不再把窗作为逃生的出口

见哪里有空隙就往哪里钻

最后误入一个灯罩

再也没有出来。羽毛散落一地

我卸下灯罩后，捞出的麻雀

只存最后一口气

2019 年 10 月 27 日

西北风

不仅堵住门，还紧闭窗

去哪里都不受欢迎

喝西北风就是挨饿

吹西北风就是受冻

欢迎它的只是纷纷扬扬的雪

它们气味相投，同病相怜

对世界冰冷冰冷。世人
也没有好脸色，给它吃闭门羹

2019 年 10 月 31 日

钻进云层里的危楼

头顶钻进云层里
少不了埋怨自己
看上，天太高。攀不上
看下，地太低。没有朋友兄弟
云是匆匆过客，不能深交
炊烟想套近乎，够不着
呜呼！风不时来纠缠
谁来嘘寒问暖

2019 年 11 月 30 日

影子的忠诚

影子是最忠诚的
形与影相守相随
寸步不离。进入暗巷
身旁没有了光
追求光明的影子不辞而别
不必多加猜疑。影子的忠诚
来自你头顶的光

2019 年 12 月 2 日

盖　棺

最后一个钉子敲下去
一生的功过都盖在里面了
谁也出不去进不来
等到盖棺腐烂，不知功与过
谁先腐烂。或许其中一个
会突然跳出来

2020 年 3 月 17 日

第 2 辑　岁月拾遗

真　相

我捏住真相
真相在我左手
他捏住真相
真相在他右手

两个拳头的真相
剑拔弩张

只是开庭的时候
真相不出庭
藏匿在左臂和右臂的
间隙。

一把锋利的剑，插下去
卡在深不见底的夹缝
真相，还是不露相

2014 年 8 月 4 日

蚁　族

一个季节的沉静

出洞，是为春风召唤

千军万马的脚步

抄一条小径

一步一步

踩着足下的陷阱

寻找下一个目标

弱小的身躯

把一座座山丘

扛起，放下

一摞摞　纤夫的歌

灌在心坎里

左顾右盼

不看高处的风景

洞穴的出口，一个修鞋匠的

锤子，正一锤一锤

为奔波的蚁族

敲打岁月

2014 年 7 月 3 日

煤　烟

一千年不露声色

并非不想出头，等待机会

烈火中第一个逃兵
每一个关卡
都成逃生的出口
总是争先恐后
顾不得脸面
容不下星月日
一手遮天

哪里满足初次的出头露面
攀上了树梢
觊觎着登天
等不及与白云拥抱
消失在登高的塔尖

2012 年 11 月 3 日

夏　蝉

我在默默地寻找
没有大雨、没有风暴
那些绚丽的彩云
飘到哪里去了

我在默默地寻找
没有冰封，没有寒潮
那些瑰丽的花朵
藏到哪里去了

热心人铮铮相告
时过境迁，不要再去找
那些彩云已化为彩虹
花朵已化为果黍

树梢的夏蝉
是歌唱明星
倾情谱写胜利者的赞歌
歌声越传越远
歌词里
只有彩虹、果黍

2012 年 3 月 20 日

麻　雀

把不住心跳的速度
警惕得有点特殊
一步三回头
如受惊的野兔

我的脚步很轻
没有发出一点声音
前脚刚迈出
它就飞了
藏在密密的树林

原来我的呼吸中
它闻到了风的声音

2013 年 3 月

为何不吱一声

大楼在云层里吆喝
一层支撑一层

高昂的头顶
水起风生
两条粗黑的腿
架成一个"人"
插入泥尘

我贴着冰凉的土
寻找巨人的脚跟
只想问一声
你撑得下吗
为何不吱一声

2013 年 11 月

接太阳回家

进货的时候
在黎明前
收摊的时候
在黄昏后
白日里
阳光总在屋顶外

他站在灯光下

他说
阳光是个打工者
一年四季奔波在外
期盼新年快来
好接她回家
团团圆圆

2014 年 2 月 17 日

旧　船

旧货船已到码头
没有停下来的意思
马达的余温
还在蠢蠢欲动

夕照，在浪花中洒下碎金
水匆匆流过
船头，红唇亲吻
舵手，紧握方向盘

船舱外，一个帅气的小伙儿
是来接班的
他抬起右手，左顾右盼
想敲门吗？夜已深
门紧闭。未闻敲门声

2014 年 8 月 25 日

实　话

（一）

我说，你的罪孽深重
来日无多
想留下点什么，早做准备

他说，我现在只剩下钱了
只想多喝一点酒
活着，一醉方休

（二）

我说，你抓紧结婚吧
你的另一半已经高升

她说，不着急
先把名字写到他的别墅里
套牢，不怕他高飞

（三）

我说，你暗里的财产这么多
怎么老是开破车，穿旧衣
不怕别人说你

他说，我不怕别人说我穷
最怕别人说我小气

（四）
我说，你已经小有名气
怎么老是跑名人家里

他说，多跑跑
可以与名人比翼齐飞

2014 年 9 月 19 日

博　弈

大雪来势很猛
俘获了秋的肤色
小草委曲求全，不出声
承受冬的重压

当小草冒尖
雪处于瓦解状态
此时他们和平相处
彼此心知肚明
谁也不是最后的胜者

2014 年 10 月 27 日

烂尾楼

还没有出生证
只是长了一条尾巴

明天还有多远
后天仍是残缺的孤儿

身后传来
世上只有妈妈好的歌声
心一阵颤动
尾巴蘸着泪水
写下寻亲启事

2014 年 12 月 13 日

不协调的叫声

除夕，喧嚣的爆竹声中
我听到一条狗的叫声
好像是哭的声音
多么的不协调，大煞风景

那条狗我认识
是邻居方老太养的
平日里形影不离
今夜却独自走出来

方老太的儿子在外面打工
已经两年没有回来
听说有了新家
但媳妇从未露过面

老太倒不说什么

只是那条狗，不识时务
一出门，就又哭又叫
骂个不停

2015 年 2 月 22 日

搬场工

从贫贱搬向富贵
从富贵搬向贫贱
推一扇门，进一个世界
进一扇门，听一个故事
沉重的肩膀，把缤纷的世界
扛起，放下

箱包里有曲折动听的拍案惊奇
有落花流水的低声叹息
肩上的垫布，录下笑声、哭声、风声、雨声
脚下的足印，灌入甜蜜、苦辣、荣耀、悔恨

坐进货车的时候，头总是低着
看车轮滚滚
俨然成了货厢里的一物
也是个被搬运者
在车厢里晃来晃去

2015 年 6 月 18 日

世界就这么大

他说他征服了世界
剩下的几窝蚂蚁
饶了吧，可以忽略不计

他的眼神告诉我
他没有说谎
没有骗人
没有做梦
没有精神病

他的双手抱紧一个地球仪
他确信，世界
就这么大

2015 年 7 月 19 日

证　明

我静下来，把脉
心跳和脉搏正常
但我拿不准，我是否算活着
没有权威的证明

更为困惑的是我在家中的地位
我不知怎么证明我爸我妈是我的爸和妈

除了结婚证，我也无法证明老婆是我老婆
子女未做 DNA 鉴定
不知这个家是否是我的家

我自知罪孽深重
无法证明历史上没有犯罪记录
尚未出生，就在母亲腹中拳打脚踢
一出生，就让母亲受伤流血
以后又利用特殊的地位
白白地享用母亲的乳汁养肥自己
至于随地拉屎撒尿
已超出了道德范畴
虐待、伤害、侵占、破坏环境　数罪并罚
证据确凿，万事都得防着

还是不要出门
每走一步，都不能证明我的清白
我不敢去动物园
万一误入虎穴，谁来证明我是人不是动物

2015 年 8 月 19 日

嘱　咐

父母自小嘱咐：对人要有礼貌
见到比我小的
称弟弟妹妹。比我大的
叫哥哥姐姐。见到长辈

叫叔叔阿姨或阿公阿婆
一枚传统的大印
戳在我的大脑

我把祖传的嘱咐传给孙辈
一次路遇一位穿花衣服的人
孙子叫她阿姨
我说错了，叫叔叔
见到一位舞姿轻盈的女人
孙女称她阿姨
我说错了，叫她阿婆
当一个蓄胡须，留长发
挺大肚子的人出现时
姐弟俩面面相觑
不知称呼什么

我说，那就学鹦鹉
老板、老总、经理、董事长
作家、诗人、明星、角儿
跟在别人后面叫

2015 年 9 月 24 日

日历说

时间是最好的减肥药
一天天，渐进式瘦身
不只是爱美
丢下 365 个包袱

让足下的步子变轻

成败得失都成过去式
喜怒哀乐与沸水一起蒸发
化一场春雨
天长蓝、地长绿
润物细无声

2015 年 11 月 4 日

雪战图

事先肯定有过精心策划
夜袭，大队人马过来
竟不发出一点声音
直到占领每一寸领土
不让人有喘息的余地

兵书无师自通
先派少量先遣部队探听虚实
对高山、河川、堡垒的位置
制成作战图。飞沙走石也不放过
不放走一个逃难者，直至埋葬

雪野的一群麻雀有幸漏网
他们在上面刻画一道道仇恨
鸣叫声整齐划一：
坚持到底，严寒终将退场

2015 年 11 月 26 日

狐狸精

林子太大
风陷入阴森
虎豹的撕咬声让树木颤抖
弱小的躲进洞里
或爬到树顶

狐狸不躲不藏
它叼来一只羊腿进献老虎
还演了一出狐假虎威的戏

林子里传来骂"狐狸精"的声音
狐狸充耳不闻。它若无其事
一副与己无关的样子
说他们肯定不是骂我的

"我与老虎没有私情"

2015 年 12 月 2 日

风　口

风口与浪尖一旦分开
就专门在路口和弄堂把守
避不开的是立在风口的一群
单薄的外衣包着肋骨

仍被嘶叫者搜身

裤管和袖管也不放过

躲在角落里，继续被跟踪追捕

风口两旁的高楼

门窗紧闭。风在外面敲门

一声盖过一声

门和窗是不会开门迎客的

风只能在外面吼叫

把气都出在站立风口的人

2015 年 12 月 9 日

天　空

伟男子是当之无愧的

飞鸟、飞机、飞船

都飞不出你的胸怀

容得下风雪雷电

容得下炊烟、硝烟、火焰

容得下羊群、豺狼、狐狸精

容得下哭声、呻吟声、尖叫声

容得下枪声、炮声、炸弹声

直至雾霾投入你的怀抱

也来者不拒

我不得不把宽广、包容的赞美词

一层层包起来。每一层

都包成一个问号
问的对象是谁，我还没有找到
就在包装的外层
再打一个大的问号

2015 年 12 月 29 日

每扇窗都是紧闭的

每扇窗都是紧闭的。一条街
晴天是这样。雨天是这样
门即开即关
偶遇鞭炮声，有孩子围着嬉闹
每扇窗还是紧闭的
没有野狗爬进去
也没有鸟儿飞出来
忽有尖叫声传来
或恐怖，或可怜，或求援
没有一个头探出窗外

2016 年 2 月 2 日

斗　鸡

头顶是秃的，其实还是青春期
一个好丈夫，好父亲
难得的好脾气

如果不是目睹
我会认定是另一个替身
眼睛是仇视
翅膀和脚是进攻的
喙是凶残的
直至对手败下阵来
还在血淋淋的伤口
狠狠咬上一口

是冤家路窄吗
不是的。它们只是初次相识
玩鸡的如是说

2016 年 2 月 17 日

轮　胎

驮一座小山
脚下生风。重负
有足够的呼吸支撑

偶遇气馁，来一个深呼吸
活力，源于持续的争气

小山一点点增高
气无节制的扩充。命运
没有顾念负重者。爆亡
已是难以躲开归宿

生命，葬送于贪婪者的无厌
毁于内外交困

2016 年 2 月 21 日

桃花苑

别说桃花易逝
其实她是化妆去了
一出场就美若仙女
每年桃花盛开的季节
我都要去桃花苑
每朵桃花都似曾相识
就像拜访老朋友

今年去桃花苑
还有一桩心事没有说出来
当然与人面桃花无关
只是想配一把钥匙
把她岁岁相似，青春常驻的
密码，解开

锁匠铺就在前方
我又一次走错了地方

2016 年 3 月 9 日

柳　絮

一出门就团团围上来
走到哪儿跟到哪儿
寸步不离
爱来得如此迅疾。不由得
刮目相看自身的魅力
前后左右，与我同行者
都被紧紧盯上
甚至在他们脸上磨磨蹭蹭
终于发现，有些爱是会飞的
并非交了桃花运
我只是自作多情

2016 年 4 月 13 日

暗无对证

黑洞比黑夜更黑
从黑洞里出来的，都说不出
身上的伤痛是怎么来的
有的伤在脸上
有的伤在后背
有的伤在两腿
更多的伤在胸口

在洞口把守的人说

全是摸黑撞的

暗无对证

2016 年 5 月 17 日

压路机

一路走过
不再有路见不平
想露峥嵘的，都臣服于
巨人的压力

山是上不去的
河是下不了的
小鸟与舢板
把巨人抛在后面

此生不会长翅膀
也不幻想在水上远漂
只认得脚下的路。不紧不慢
倚重巨人的脚板，将坎坷的
人生，踩出一马平川

2016 年 6 月 16 日

磨 诗

有时我把写诗混同于磨刀
把一个词一句诗放在磨石上
词磨尖，成匕首
诗句磨出棱角，成利剑
整首诗成发射器
我不搞军备竞赛
只是在霸王的毒箭射来时
用于中途拦截

2016 年 6 月 22 日

争 论

树上一群白头翁
昂起脖子，说美声是抬举了
肯定在争论什么
此起彼伏，都想压倒对手
有负气走的，又飞回来

树下是另一群白头翁
也是争论的高手
论题无所不包。激动时
指手画脚，口吐脏话
那个高音喇叭的"愤老"
脸色已争得通红

他一下蹿到论争的对手面前
从口袋里掏出秘密武器
其实是一支烟。打火机
咔嚓一声，给对手点上

树上的白头翁一个都不走
在等待一场地面战争

2016 年 6 月 21 日

暴风雨（组诗）

1. 长脚的黑云
黑云长了脚
进入马拉松
它们是笔杆子队伍
擅长舆论战
天空是它们的主流媒体
预演一出风满楼
黑哨独奏

2. 先遣部队
风送雨点来
拨弦两三声
手持闪电，踩点侦察
蛇进洞，鸟入寨
画就一幅军用图
引出身后大队人马

3. 暴风雨

长枪、大炮、B52 轰炸

还有闪闪的激光武器

主力部队一并出发

那个最神秘的武器，殿后恫吓

树木折断，平房倒塌

平民一个个倒下

一群饥渴难耐的野兽

围在横卧于沙滩的妇幼周围

解饥解渴

大部队临走说一声对不起

"我们是要打鬼的，误伤了大家"

2016 年 7 月 8 日

追　求

用一年时间准备遗像

用三年时间缝制寿衣

用五年时间选好坟地

用一生时间撰写碑文

三十叠相册，挑不出理想的一枚

三十家制衣厂，做不出合身的老衣

九百六十万平方公里

尚未选好风水宝地

每晚躺下之前

都要安抚胸口的喘气

如果没有家人提醒，他完全记不起

明天是他不惑之年的生日庆典

2016 年 7 月 16 日

雨

说来就来，说走就走
没有什么心计

一发怒疯疯癫癫
一高兴缠缠绵绵
喜怒都写在脸上

雨的母亲是云。在落地之前
我总是把它与水区分开来

2016 年 7 月 22 日

故　事

开头都是相似的
亦条条。哭声也惊人地一致

情节的展开则千变万化
有飞的、走的、跪的、趴的

进入高潮各有看点。上天的，折翅的
登峰的，溺水的，拜神的，乞讨的

结尾又高度一致。一撮灰
分不清卑贱和高贵

产房里每一声啼哭都诞生一个作家
创作一千零一个天方夜谭

2016 年 8 月 9 日

寒　流

柔软的水首先坚挺
组成铜墙铁壁
以牢不可破的盾牌
抵御风刀霜剑
梅花也不示弱
用冰雪化妆娇嫩的容颜
一些钻在地下装死的
也不都是软骨头
他们做着同一个梦
在推算出洞的时间

2016 年 11 月 14 日

重　量

三十斤，一只书包的重量
三百斤，扛在肩上的重量

三千斤，压在心口的重量

前方是一个高门槛
屋里飘出墨香

2017 年 1 月 25 日

风言风语

风是有声音的
风声是风的语言
许多私密话
经风一吹
就满天飞舞。有时
一句话被风吹成两截
从此分居两地，永不见面
我慢慢读懂了风的语言
风声一响，过愚人节

2017 年 5 月 22 日

舂　米

舂米是童年的记忆
把白米倒在石臼里
脚踏舂板，让手臂粗的木槌
一下一下往死里砸下去
可怜白米没有招架之功

一点点粉身碎骨，成为粉末
也有少数死硬分子
被砸成一堆小颗粒
仍硬撑着。最终还是败下阵来
全军覆没。此时
石臼边上的一堆石子
不露声色，扮演英雄角色

2017 年 5 月 26 日

明码标价

身高，矮一厘米
月薪，少五百
五官，偏差百分之一
住房达标，但地段偏了一条小溪
籍贯，在城墙外一公里
差之毫厘，失之千里

再见，爱的万宝全书缺了一角
五音，少了一根弦

2017 年 6 月 2 日

难　民

爷爷牵着小孙子的手
走进一片榆树林

榆树没有皮，光秃秃的
就像祖孙俩的光脚丫
孙子见了流下眼泪
说它们肯定很痛很痛
爷爷干瘪的眼眶里也有泪水
说你奶奶可能等不到它们长出新皮了

2017 年 7 月 10 日

胜利者

在一片废墟上
响起了爆炸般的欢呼声
"我们胜利了，胜利了"
横卧的尸体是沉默的
枯焦的树木不吱声
伏地的房屋屏着气
几只受伤的喜鹊
叫声嘶哑
他们也在欢呼的行列
声音有点格格不入

2017 年 7 月 13 日

盆　栽

渴了不行，喝多了不行
半干半湿

饿了不行，撑了不行

半饥半饱

见不到太阳不行，见面多了不行

半阳半阴

精心，用心，耐心

一个娇小的千金

拒绝惰性和漫不经心

2017 年 9 月 8 日

愤　老

老地方，公园的石凳子棚屋

老人马，几个花甲老人

都是能言善辩的高手

愤老是我生编的一个词

他们议论的敏感词天天翻新

谈起子女不孝，白头眼里充血

那个板式头，对霸权主义义愤填膺

戴遮阳帽的，大声抨击广告保健品

烟是不分家的，有来有往

与唇枪舌剑和谐地合二为一

聚会结束，脸色个个阴转晴

柳暗花明

2017 年 11 月 10 日

华山论剑

手无缚鸡之力，无剑可佩
到了华山，就以笔代剑
写几句分行
把长句削尖，削陡。与华山比险
把短句抹绿，抹红。与华山比秀
中间空出的地方，云雾缭绕
留下空白的秘密
诗名就取华山，刻在山的顶上
两个华山，两把宝剑
你中有我，我中有你
直插云霄。劈雾扫霾
对空，舞剑

2017 年 12 月 22 日

花港观鱼

天堂在上，也在下
那些小精灵，衣着华丽
食无忧，行无阻
每时都有馅饼掉下来
悠悠然，养尊处优
受观赏桥阻隔，它们看不到
千里之外，在边境线上的难民
正忍饥挨饿，无家可归

风雪仗势欺人
那些腰缠万贯者，喝着拉菲
不肯抛下一块馅饼

2018 年 1 月 17 日

美　女

左边是古代四大美女图
右边是当代四大美女照
约定俗成，没有反对票
还有雪片似的美女，独霸封面
鳞次栉比的选美。冠军。第一
女士独占。一个亮相，黄金万两
千千万的帅哥，与美不沾边
世道万象。敬告天下父母
重生女，不重生男

2018 年 3 月 20 日

街　道

马路整洁宽敞
坑坑洼洼平整如初
车辆驶停有序。两边商铺
堆满笑容。货物堆放划一
路人告诉

领导刚来视察过

2018 年 3 月 26 日

漂泊的云

为追求阳光，背井离乡
远走高飞。天空并非天堂
漂泊如影相随。居无定所
不知去哪里寻找归宿
进天宫只是奢望
想家的时候，满眼心酸
洒下泪千行

2018 年 4 月 12 日

叛逆的眼泪

四肢言听计从。五官也是
眼泪这个乖乖女
养在深闺，从未轻弹
此时此刻却成了叛逆者
在紧固的眶子里涌动
谁也拦不住，珍珠般滚下来

一只黑手，把一个个孩子
从母亲的怀里拉开。百万难民

骨肉分离，哭声恸天

2018 年 7 月 1 日

真理是他的铁哥

不管从哪里走，去哪里
不管是快走，或慢行
他与真理总是形影相随

昨天炸平了一个山头
说是搬走了一只拦路虎
今天牵来一只狼狗
说是适合做你的安全护卫

两腿闯进你家大院
真理说，是行走自由
双手掐住你的咽喉
真理说，你独裁
你死，让更多的人活

铁哥俩抱团取暖，天广地阔

2018 年 7 月 25 日

不粘锅

干的、湿的、油的

香的、糯的、甜的
日出日落都有诱惑
不是自己的，决不占为己有
常在河边走，保持不湿鞋
清白不在朝朝暮暮
什么时候粘了，不管多和少
绽放的花期从此结束

2018 年 7 月 29 日

搅局者

晴空万里时，乌云来搅局
丰收在望时，风暴来搅局
夜深人静时，狗吠来搅局
家庭和睦时，小三来搅局
好梦连连时，盗贼来搅局
风平浪静时，霸凌来搅局

雨过天晴，搅局者被自己搅局

2018 年 8 月 4 日

搅乱一池春水

一根柳树的枝丫
倒长，伸进溪水里
像一只不安分的手
左右摆动，搅乱一池春水

大风一来，小溪竟掀起浪花

鱼虾绕道而过

柔软的枝丫，四两拨千斤

底气，来自风暴的口令

2018 年 8 月 5 日

诗的作茧和破茧

把一串串词语

纺成一根根丝线

织成一个密封的茧

让一只蛹静卧在里面

今天长两条腿，明天添一对翅

后天睁一双眼。最后破茧而出

有血、有肉、能走、能飞

是侠女下凡

遇到鲜花，亲上一口

遇到马蜂之类，咬它一口

2018 年 8 月 16 日

命硬的女人

善良，勤劳，孝心。有口皆碑

姑娘时，抛绣球的小伙儿排起了长队

她嫁过三个男人，先后死于

高空坠落物、车祸和绝症

村里人同情他，又觉得她的命硬

更有人说她有克夫命

男人的种种不幸

都与女人牵上一根线

最终归罪于女人的命

她才四十多岁。但没有人

敢与她攀亲。她自认命不好

打消了再嫁的念头。苦苦抚养

一对儿女 。不怕累断筋骨

最怕把自己的硬命传给女儿

求神、拜佛，用一颗真心的温度

去融化，像石头一样坚硬的命

2018 年 9 月 16 日

狐假虎威

尾巴是暴露在外的

想隐藏只是一厢情愿

小岛上的几只狐狸

尾巴翘得很高

走一步，摇一摇

敢与大象叫板。呼叫

要把小岛建成独立王国

不怕大象的鼻子把它摞倒

此时，它们正偎依在

一只吊睛白额虎的身旁

尾巴翘得比虎背高

2018 年 10 月 7 日

我也长了一对翅膀

两臂好像长出了羽毛
变成一对能飞翔的翅膀
走进山林，不再害怕张大血口的恶兽
它们扑过来，我就飞
在它们头顶上拉屎 、唱歌
走进闹市，不怕堵车、拥挤
让豪车不再显摆，跟在后面喘气
让高墙里面的勾当不再神秘
飞啊飞，两臂不由自主地伸展
摸一下，上面只有稀疏的汗毛
脚下的一块石子被我狠踢一下
它飞起来，画了一个美丽的抛物线

2018 年 12 月 9 日

加　分

考试竞赛得奖，加分
体育竞赛夺冠，加分
积极分子奖状，加分
优先进入名牌大学

垂垂老矣
修边境隔离墙，加分
赢得生前身后名，加分

搅得周天寒彻，加分
优先进入焚尸炉

等不及了
还有十个手指扳不尽的
加分

2019 年 2 月 17 日

海　口

危险到来之前
胆小鬼最气壮如牛
坦克开过来，发誓用肉身阻挡
巨石落下来，用自己的光头
顶住。不怕粉身碎骨
大部队过来，冲上去
用一把扫帚，拼个你死我活
每夸一句海口，都有一股风
从大嘴巴里吐出。风不怕围堵
钻缝、爬墙、越顶。只要
有一丝空隙，可以优先逃走

2019 年 2 月 28 日

结　盟

把真理绑在拳头上

如风筝扶摇直上

能呼风，能唤雨

让对手风雨飘摇。翻船、沉船

那个立在山顶上的人

是组合能手。让拳头和真理结盟

一左一右，手挽手

听到真理敲锣打鼓冲出来

都知道，拳头在锣鼓声中

敲打

2019 年 5 月 18 日

榔头与钉子

榔头与钉子不在一个档次

总是一个敲打，一个被敲打

被敲打的钉子进入黑牢

失去自由。也有不服敲打

拼命扭动，宁弯不入的

最终被无情抛弃。手握榔头的人

尝到了敲打的味道，一脸霸气

榔头也鸟枪换炮。炮舰、飞机、导弹

把星星、月亮、岛礁当作钉子

又打又敲。用力太猛，飞机坠了

炮舰沉了，导弹毁了

星星还是星星，月亮还是月亮

岛礁还是岛礁

2019 年 5 月 20 日

黄　梅

春风与炎夏较量
一个不想退下，一个
要提前接班。兄弟阋墙
明争暗斗。天公调解无效
只能虎着脸，一改
男儿有泪不轻弹的习性
淅淅沥沥，一夜哭到天明

2019 年 7 月 9 日

黄昏的云

黄昏，西天色彩斑斓
虎豹，羚羊，黄牛，公鸡
山脉，河川，高楼，农舍
彰显动物界、自然界的各种形状
黄昏是要下地狱的
临近黄昏，各种生命向往天堂
一个个飞上了天

2019 年 7 月 31 日

胡　同

外面有的这里也有

比如婴儿的哭声。邻里的招呼声
姑娘银铃般的笑声
外面没有的这里独有
比如隐蔽。进深。僻静
从这一头走到那一头
一百八十步。每天走的
步数精确到个位
脚印与脚印重复，成为老朋友
逃生的千万别进来
有前门没有后门。是死胡同
谈情说爱的也不要进来
怕遇见熟人打招呼
也怕碰到目光扫描的陌生人
外面的世界一年一变
这里还是石子路，矮围墙
秦砖汉瓦。一百年的面孔
没有化妆。据说这个面孔
要一代一代传下去
有朝一日成为珍稀的出土文物

2019 年 8 月 4 日

出　　名

一部水浒传，让梁山出了名
一部三国演义，让诸葛亮出了名
一部红楼梦，让贾府出了名
一部西游记，让孙悟空出了名
一首裸诗，让诗人出了名

2019 年 8 月 16 日

乌　云

乌云总是来势汹汹
霸占天空
妄图把天地隔断
雷公和电母一直监视着
一旦出现疯狂
一声震怒，亮出宝剑
疯者立即作鸟兽散，落荒而逃
呼啦啦，一个个坠地
粉身碎骨

2019 年 8 月 20 日

奸

比通常的坏更胜一筹
比如内奸、汉奸、作奸犯科
抗战时当汉奸是犯死罪的
现在有些人甘心把帽子戴上
是为了让主子开颜
只是还需要遮遮盖盖
比如穿黑衣，蒙脸
害怕被人认出来
一旦露出尾巴
仓皇出逃。静待
西边日出，卷土重来

2019 年 8 月 23 日

豪　赌

除了身家性命，一切都可押宝
荣誉。尊严。脸皮。大众
自信赌牌不能左右赌局
独占鳌头的是牌桌下的勾结
勾勾搭搭摸清对手的底牌
磕头抱紧庄家大腿
把千万人的生命押出去
孤注一掷，梦幻金鸡独立
建山寨王国

2019 年 8 月 27 日

蚊　子

让它吸一点也罢了
还要开动宣传机器
嗡嗡嗡，大造舆论
似乎叮你吸你都是正当的
是上帝赋予它的权利
吸饱了，继续唱赞歌
得胜回朝，得意显摆
那是做给别人看的。让它
再次入侵，画上圆满句号

2019 年 9 月 29 日

我想修改一个成语

我想修改一个成语
把同流合污改成同瘤合污
毒瘤
长在关键部位，而且是恶性的
两个毒瘤有相同的病灶
比如紧抱霸主的大腿
磕头、下跪、摇尾
处处喊疼，说是被挤压
一手拿颜料，擅长抹黑抹红
一首拿砍刀，切割，分块
吵吵嚷嚷，要与躯体争民主
争自由。两个毒瘤报团取暖
如跳蚤称大象。蚍蜉撼大树

2019 年 10 月 1 日

蒙　面

蒙面，是因为不要脸
放火。打砸。侮辱国旗
占路。袭警。围困机场
乱港。卖国。向霸主求乞
丢尽脸面

蒙面，是因为胆怯

张嘴，露出丑陋嘴脸
睁眼，暴露目光凶险
露面，彰显洋人胎记
蒙住，不能让人看见

脸蒙住了，尾巴露在外面

2019 年 10 月 5 日

逆　向

雪的颜色与面粉相同
它们不是同一个国籍
开天辟地，下雨、下雪、下冰雹
没有下过舌尖上的美味
雪的颜色与父亲的手黑白鲜明
那双手好像泥土里长出来的
每次回想起父亲的那双手
我就知道，大米和面粉
是自下而上长的
与自上而下的雪是逆向

2020.2.2

畜　生

牛、马、猪、羊
他一生伺候，不离不弃

生气的时候也会骂一声畜生
声音很低。骂声里包裹着爱
它们心知肚明，毫不介意
这次看到一些披着兽皮的
在车站、马路、机场、学校
沆瀣一气。把民主自由踩成
一片废墟。有人还在幕后摇旗
他又重重骂了一句：畜生！
骂声里包裹着刻骨的恨

2019 年 12 月 2 日

火

在一个容器里平平仄仄
歌咏春和景明
容器立下的韵律不能突破
盖子是不可逾越的红线
容器内我是中规中矩的君子
容器外我是毁坏世界的魔鬼
揭盖者有意释放我的魔性
让我由君子变为魔鬼
让鲜花美梦良知毁于一旦
我愿把我和那些揭盖的
都关进容器。我做我的君子
人民做人民的好梦

2019 年 12 月 16 日

透　视

埋得很深，常常声东击西
按钮和爆发点不在一处
凭借隐蔽的掩体
你在明处，它在暗处
看不到，摸不着。我行我素
毒魔的伪装
逃不过悟空的火眼金睛
一束无形的光直达它的窝点
暴露。抓捕。处死。火化
让一个美梦者，骤然梦断

2019 年 12 月 30 日

手的功能

捧鲜花。捧果实。捧奖杯
走红地毯

甩锅。甩包袱。甩担当
了无牵挂

遮天，遮阳，挡飞沫
对横眉者，伸出铁掌

还可以捏成两个拳头
出击。或退后，摩拳擦掌

2020 年 3 月 28 日

第 3 辑　岁月爱恋

立在浪尖的爱

大坝紧绷的神经

经不住，浪的孜孜不倦

一江春水，两地闲愁

立在浪尖的爱

在寻找突破口

期盼团圆的梦

把思念藏在怀里

一群群海燕掠过

来来回回

舒展的翅膀，在读取

浪花撞击的

呐喊声

2014 年 8 月 14 日

渡 船

此岸到彼岸
都不是终点
出水的爱
源远、流长、绵绵

江上架起彩虹
送走了最后一轮圆月
功成身退

把仅剩的一根竹篙
插在桥腿上
完成了一场接力
桥脚响起笃笃的马蹄声
桥上，喜鹊相会
桥下，廊桥遗梦

2014 年 5 月 6 日

静夜思

乳色的月光
落下一地诗章
我捡起一首
"床前明月光"
只是低头时

没有思故乡

月色如染

枝头争奇斗艳

开出一枝枝花

和一双双手

以月亮为梭子

月光为线

站在静夜思的床前

编织

长江的浪

托起

金色的梦

2014 年 6 月 15 日

奇　迹

大树行将就木

苍老的腰杆，挺着

在等待

一个奇迹

鸟的挽歌

风的恸哭

云的泪水

都不能创造

生命的绿色

躯干，被一段一段
切割。肉体被一段一段
分解。艺术家的刀
一刀一刀
雕琢。死亡
在痛彻骨髓中
涅槃。
生命的奇迹，绽放在
一段一段的
伤口处

2014 年 7 月 19 日

拾荒老人

好像忘了站在风口里
让风儿带走苦涩的记忆
踩着梦里的彩霞
把希望捡到筐里

没有月光的夜晚
躲进废弃的窝里
细数着一天的收成
像春风化雨
枯瘦的树干上
长出一丝绿意

挂在墙上的外衣
被风吹干

就像他身上
被风吹干了的皮

灯光下
默默地掰着指头
那是在丈量
儿子成家路上的距离

清早出门
披一身晨曦
带着昨夜的残梦
一路走来
寻寻觅觅
想把落地的希望
重新捡起
满满地装在心里

2012 年 11 月 8 日

文化名人（组诗）

1. 杜甫
仕途的路断在山岩
诗歌的路通向山巅

秋风夹带着你的呼号
车马萧萧回响在咸阳桥
石壕村里听到你的怒吼
蓟北的喜讯脉到你的心跳

战乱中的家书

盛满了你的忧思

满眼的泪水

洒向了城春的草木

朱门发臭的酒肉

路边冻僵的尸骨

在你的诗稿里燃烧

笔尖蘸着冬天的太阳

洒向冻饿者缕缕阳光

一首首诗

串起一块块砖

筑起千万间广厦

让大批寒士做挡风的墙

你的草堂与茅屋相连

屋顶枕着同一根梁

你远在天堂

杯中的水

还舀于岷江

写在人民心坎里的诗

永远在人民心中吟唱

2. 屈原

纵身一跃

把兰草投向汨罗江

燃烧的诗篇

踏着浪花吟唱

《天问》问天天不语

《九歌》唱绝语凝噎

你是不幸的

忠心换来了流放

你是幸运的

流放铸就了千古绝唱

江水触到暗礁

才迸发出浪花的激荡

好人一生平安

伟人逆风而上

高洁的兰草

飘扬在汨罗江

3. 曹雪芹

痴人的梦

做了整整十年

大观园倾倒的楼宇

在梦中重现

梦里你走了几百年

十年的梦还没有做完

都说你太痴

其实是不解个中之味

没有十年的痴梦

哪有刻在石头上的名篇

没有十年的痴梦

大观园里消失的人群

怎会奔跳着走到我们面前

宝黛也是痴人一对

矢志苦苦相恋
一段葬花词
让多少痴男怨女落泪
痴人写痴情
写尽了人生的百味

因为你痴
站到了高山之巅

2012 年 7 月 30 日

知　了

爱情从林间飘来
你尽情地歌唱
从清晨到黄昏
把甜蜜抛向对方

有朋从空中飞来
你尽情地歌唱
从树枝到树梢
把真诚洒向阳光

风暴从天外卷来
你尽情地歌唱
汇成嘹亮的号角
拥抱凯旋的晴朗

亲朋离你而去

你依然忘情地歌唱
不是没有悲伤
活着
就要永远把生命歌唱

2012 年 7 月 22 日

独特的风景

这里有一处风景
是远近闻名的树林
想当然绿荫一片
其实已繁华落尽

七棵千年的枯木
织成壮观的狮子林
死了依然挺拔
威武不改年轻

没有了绿叶遮阴
张扬出斑驳的体型
远看如雄狮出山
近观如巨人揽云

绿有绿的壮观
红有红的钟情
死而挺拔的老树
更是一道独特的风景

2012 年 11 月 25 日

老　钟

一百年匆匆行程
十万里遥遥路程
从青年走到老年
依然铁骨铮铮

夜半的钟声
唤醒沉睡中人
踏着时针的脚步
迎来旭日东升

两根纤纤的针
是史学家的笔
饱蘸民族的血和泪
挥写日月星辰

钟声里，刻录了
铁蹄嘶鸣
风暴雷鸣
春的燕歌
秋的琴音

没有终点的马拉松
年年月月
脚步不停
老了

依然步履轻盈

2012 年 9 月 18 日

老人树

不用问他的辈分
一位死去的老人
在风雨中站立
如一尊雕塑
——森林之神

只留下挺拔的躯干
一生的青春
都交给了子孙

2014 年 3 月

挑山夫

就当是一头蜗牛
弓着腰，攀着山崖跑

两条细长的腿
一步一步，丈量山的高度

衣服搭在肩上

那块新补丁，紧紧地贴着心

上山的时候，背上驮得很高
脚步是轻的
山头有一处风景在招摇

下山的时候，卸下了包
脚步却重了
山下有一堆枯草
在等待燃烧

接过客人的酬报，掂一下
好重。胜过背上的大包

盼到第二次上山
背上驮得更高
心是高兴了，摸一摸胸口
不知几根肋骨又深陷了多少

山很陡、很高
半山上的蜗牛
出没在云雾缭绕

2013 年 7 月 11 日

看星星

地上的人
对应天上的一颗星

我抬头寻找
哪一颗是我的

北斗很亮
肯定不是我的
彗星拖着一条尾巴
也不会是我
群星眨着眼睛
一样的表情

寻寻觅觅
直到天明
我还没有找到
我的那一颗星

随意找一颗
以我的名字命名
都是普通一员
只要能闪光
就代表我的心

2013 年 11 月 18 日

团　圆

一年的风雨，都驮在背上
一年的望月，都吸入瞳仁

一步一尺的距离

赶不上三千里的路程
两条平行的铁轨
接不上交叉的尽头

怀里的泥娃，捂得春风荡漾
兜里的心意，在向亲人招手

几间小屋，在一座山的背后
花白的老人，守望在低矮的门口

月亮在归家的路上
漫天的飞雪寂寞不言

坛里的土酒，盛满离愁
一杯敬父母。一杯敬爱妻
一杯敬儿子。最后一杯
敬月亮。期盼久久待在家里
不忍再看十五的月亮
从海上升起

2014 年 2 月 3 日

播　种

我把一摞诗稿
撕成碎片
趁着窗外春雨绵绵
撒出去，融入黑土里
与所有的种子结为好友

我晨出暮归，浇水施肥
再拜袁公为师，嫁接改良
秋来，黑土上长出李白
我手握镰刀
收割三千丈白发

2016 年 9 月 5 日

##　锁　匠

就在菜场的一角
搭了一个简易凉棚
四十多岁了
天天都见到他坐堂

不分春夏秋冬
微曲着背
一双手犹如锉刀
修配的钥匙却锃亮金光

额头上的三条竖纹
构成一个横着的"王"字
这是他的招牌
都称他开锁大王

不知他家在何处
是否还有亲人
但肯定没有结过婚
一枚方戒戴在无名指上

偶有年轻女性上门
他都会多看几眼
爱的年轮上
刻上一圈新的杠杠

门锁、抽屉锁、保险锁
什么锁都能打开
爱的锁
二十多年没有打开
里面的秘密
难住了这位开锁大王

梦里他常常琢磨
看到几位年轻的姑娘
胸前都挂着一把金锁
如何打开
他还是外行
锉出高高低低的匙齿
总有几牙对不上

2013 年 11 月 3 日

蝼　蛄

在黑洞中穿梭
见不到阳光
只在暗夜出没

夜深人静的时候
他不甘寂寞
好像也会唱歌
唱的是
"我活着，勿忘我"

2013 年 3 月

老漆匠

一张苦大仇深的脸
不是真实的写照
只是春风路过，拐了一个弯
留下残冬的记忆

苦是实实在在的，比如
那些面孔相同，血色惨淡的衣服
比如，肩上扛着危危欲坠的老屋
比如，那个比石头还沉重的书包
比如，那些不断伸过来的手

苦与仇，是两个血统
苦的血液里，滴不出仇的因子
一把刷子 把苦汁刷了 一遍又一遍
苦汁晾干了，呈现美的裸露

苦与美倒是相同的血缘
是近亲繁殖

2015 年 3 月 9 日

漏　斗

一生没有留下遗产
也没有留下忧伤
只有圆满的骨架
高高地挂在墙上

天生一个零字
不留一滴积蓄
把最美的风景
留给他人欣赏

容得下汩汩的江水
流淌出一片汪洋
把满腔的爱
洒向饥渴的皮囊

容不下污泥浊水
甘愿陷于窒息
用瘦小的身躯阻挡

地球也是一个零字
圆的深处，都藏着
深不见底的宝藏

2013 年 5 月 4 日

诗意人生

小时候，老师说我聪明面孔笨肚肠
是褒是贬，我没有介意
我爱美，总算脸还是漂亮的

长大后，别人说我异想天开
是褒是贬，我没有在意
感到异想比不想要好些

进入老年，有人说我一根筋，不转弯
我介意了，但没有争辩
只是把一根筋
再用力拉直了一些

2014 年 9 月 25 日

你与祖国同一天生日

你，与祖国同一天生日
我在镜子外看祖国
在镜子里看你

镜子外
有鹰击长空，鱼翔浅底
镜子里，有一把琴
弹奏马蹄奔腾的嘶鸣

每次听到山呼海啸

都会对应琴瑟和音

生日一到

我会许两个愿

一个送镜内，一个送镜外

今年"十一"

我只许一个愿

都是娇艳的鲜花

何须再分，镜内镜外

（为孙女十八岁生日而作）

2014 年 10 月 1 日

敝 屣

风里雨里

踩下生活的疼痛

一步一步磨砺

承载人生的负重

生命的周期

在底层旅行

攀高和走低

是同谋，脱不开干系

而所有的光环

不属于自己

总有力不从心的时候

开裂的嘴

如搁浅的鱼

一张一合，用余生

口述回忆录

立下口头遗嘱

2014 年 9 月 6 日

航　灯

踩着风浪守候

一年又一年，从未合上眼睛

来往的过客习以为常

一声招呼，也许是最高的礼遇

守着一份寂寞

在海燕和海浪中倾诉思念

日夜伸着脖子仰望

浪花打压的企图总是落空

昂着的头颅

不放过每一个机遇

守夜的航灯，闪闪不息

把一生的爱

站立成一个丰碑

2014 年 11 月 26 日

站在父亲的墓前

父亲，现在我站在你面前
中间隔着一块墓碑
相信你能看见我。我要让你
看个够，看个够。我是独子
你临终前，多想见见我
我却一无所知。是你不让告诉
担心会影响我的毕业考试
耽误我的前途
据说你死后眼睛留着一条缝
我多么希望这条缝一直留着
今天还能看到我

2020 年 3 月 15 日

蝴　蝶

一对蝴蝶在墓地飞来飞去
这里没有梁山伯祝英台
许是又一对情侣转世

每年清明扫墓
我都希望有蝴蝶飞出来
但一次也没有看到

父母是在饥荒年代去世的

他们肯定飞不起来
好在坟头的草开始返青
我想他们应该是新生了

2016 年 7 月 14 日

父亲的背包

一块蓝格子的土布
东西放在上面
四个角打个对结
那就是父亲的背包
每一块格子
都包裹着一颗跳动的心

父亲回家的时候
总是背着它
打开来，会跳出一个个惊喜
两个拳头，像魔术师
藏有猜不透的秘密

心有灵犀的大黄狗
常常会突然窜出去
再摇尾乞怜地回来
报告父亲回家的喜讯

那块蓝格子的包布
与父亲同进同出
挂在墙上的时候

父亲肯定在家里
有时几个月不见包布
父亲准是出远门了

只是有那么一两年
我害怕看到那块包布
它一直挂在墙上
包布蒙上了灰
父亲再也出不了远门
墙上罩着一堆乌云
怎么也擦不去

父亲走了，那块包布
一直珍藏在箱子里
每次看到他
如同看到父亲

今天，父亲在一棵松柏下
与我遥遥相望。
我把松柏摄在影集里
上面盖上蓝格子布
就像盖了一个梦，一爿天

2015 年 1 月 15 日

稻草人

当年的威风已经扫地
如今是躺着的残疾人

击退一次次入侵者的雄姿
已成历史的美好记忆

岁月无情已成终生抱憾。风自作主张
让一根根稻草飞起来，回娘家

世界都看到了它终极的火花

2016 年 8 月 16 日

抹灰工

魔与法都在手里
周遭的间隙和不平
挥手之间达成和解
砂浆是唯一的道具
每天节余一点，再节余一点
聚成一个小沙丘
用以抹平一路走来的坎坷

2017 年 5 月 24 日

纤　夫

没有船，借不了东风
绳的一端系在山上
一端扣在肩膀

十年、三十年、五十年

背纤、拉纤、背纤

脚下没有水，没有岸

有的是碎石和石缝里长出的荆棘

光着脚，鞋子提在手里

足底磨裂了，肩膀磨破了

傍晚的时候，他松了松纤绳

回头一看，山上勒出一条深深的印痕

比他肩上的勒痕更深

把头低下，继续拉纤、背纤

山的勒痕一年长一寸

直到鸟儿在里面筑巢

直到鸟巢里飞出山鹰

2017 年 5 月 9 日

泥　沙

对于泥沙，我说不上什么好感

泥沙俱下，是个贬义词

他们借助大浪的推力

混杂其中，充当好汉

站在岸上，方知道他们并非来享受

在浪的怀里，风险处处潜伏

险礁、风暴、雷电。一个接一个

撞得四分五裂。回头，又抱成拳头

高峰时一起呐喊，低谷时共同浅唱

用涛声的高低音，谱写进行曲

经过一个逼仄的小径
流进一条小溪。开始享受安宁
此时他们不再出头，默默沉到河底
任由他人享用清澈、甘甜

退下了就退到底，当个宅男

2015 年 3 月 1 日

一个老人的独白

我知道，今天下大雨
今晚有沙尘暴
烧的菜一样不少
我知道，他们不会来了

再过十天是生日
我不知道，天会不会下雨
会不会有沙尘暴
我的心悬着，每天看天气预报

2015 年 3 月 13 日

不准哭

把哭声与犯罪联系在一起
好像夸大其事。我没有说谎

婴儿降生都有一声啼哭。那是报喜
我的出生是不能哭的
土洞内藏着许多人。不能发声
开始母亲捂住我的嘴。后来扼我的颈

死神步步逼近
母亲突然把我紧紧裹在怀里
一溜烟冲出洞口
轻轻地把我放在青纱帐内
轻轻地离开，一步三回头

母亲的身后又传来啼哭声
也许等不到明天
我会死于饥饿或刺刀
母亲又一次把我抱起来

啼哭、杀戮、逃生
奏响生命三部曲
直到儿子和孙辈出生
他们都放开嗓子哭
我当然是笑的，分不同场合
似在弥补当年哭声的时断时续

2015 年 9 月 2 日

她有一个羊妈妈

她不满周岁。稚嫩的眼里

只有两个亲人
一个是爷爷，一个是妈妈
妈妈有四条腿，两个角
爷爷八十了，头发和胡须
与妈妈一样白

妈妈在喂奶的时候
总会发出"妈妈，妈妈"的叫声
不知是在唤谁
她的妈妈死了，爸爸也是
这些她毫无所知

爷爷的胸口像一堆干裂的柴
灼热。但挤不出奶
他牵了一头奶羊回来
羊妈妈在叫"妈妈，妈妈"时
她的眼里充满疑惑
你就是妈妈啊，怎么还叫妈妈？

躺在妈妈怀里，听"妈妈"唤妈妈
她眼里的问号，像吹着的洋泡泡
一点点放大，放大，再放大

（网上看到一则消息，有一个不到两岁的女孩，母亲死了，爸爸脑瘫，家庭的重担都落在八十岁的爷爷身上。爷爷买不起奶粉，就从临近买了一头奶羊。他不会挤奶，就直接让孙女在羊的奶头上吮吸。时间一长，奶羊与小女孩情同母女。爷孙俩与奶羊同在一个屋檐下，相依为命。）

2015 年 9 月 5 日

小提琴

悠扬的乐曲《梁祝》响起
是从琴弦里发出的
我猜想，每根琴弦
都藏着一个绵绵的爱情故事
拉一下，会飞出两只蝴蝶

拉小提琴的姑娘
脸色红润，长发飘飘
一对蝴蝶结在发梢飞来飞去

收音机旁，一个劈柴的小伙儿
蹲在屋檐下。双手举起柴刀
好像刀下是一座坟墓
他狠狠劈下去
想救出埋在墓里的一对蝴蝶

2016 年 1 月 20 日

垂　柳

风是要把它抬高的
别以为它是阿斗
只是侍候的日子多了
习惯下垂

静观晓风残月，执手相看泪眼
离别的，相约的，挽手的
都在一排柳下庇荫
垂下，是爱抚最好的姿势

爱是恒久的
恒久的垂下。恒久的
不识抬举

2016 年 2 月 23 日

两根绳子

十月怀胎
母亲用一根绳子
牵着他来到世界

母亲今年九十，他七十
他还在为生活奔忙
一到晚上，他倒头就会打鼾
他手腕上也扣着一根绳子
绳子的另一头系着母亲
绳子 动，他即刻就醒
小心侍候，以防不测

母亲那根绳子的印痕
留在他的肚子上
他那根绳子的印痕
留在他的手腕上

母亲的绳子
牵出一轮东升的朝阳
他的绳子
拉住一轮西沉的夕阳

2016 年 5 月 14 日

我不敢再有承诺

某日某时肯定回家
这是出差前我对母亲的承诺
母亲的记忆已经衰退
但这一天这时辰比谁都记得牢
晚上八时听到楼下敲门声
她匆匆下去开门，不见外面有人
这种情况接连重复了三次
妻子对她说：
"妈，他来电话了，明天回来"
母亲终于安心睡觉

天很黑，风很大
外面好像又有人敲门
母亲突然惊醒，起床
手忙脚乱寻找鞋子
拔鞋帮时用力过猛
倒下，没有再起来

"妈，以后我每年都会来看你"

这句话一直放在心里
我怕说出来成为又一个承诺

2016 年 10 月 24 日

除夕夜，雪花来了

悄悄地来了。轻轻地落在地面
铺一条素白的羊绒地毯
喜迎远方的游子归来

悄悄地来了。轻轻地落在瓦片
戴一顶白色的礼帽。行注目礼
不打扰屋里喜气洋洋的团圆饭

悄悄地来了。轻轻地在窗外路过
洒下闪闪的小白花。不吱一声
不惊动小两口甜甜的悄悄话

悄悄地来了。轻轻地落到千家万户
默默地祝福：狗年旺旺，幸福绵绵

2018 年 2 月 15 日

秸　秆

也许走到了终点
不追求晚霞的缤纷

从中心位子退下来

站成不起眼的一堆

切莫以为江郎才尽

遇到星星之火

还会熊熊燃烧。发出

噼噼啪啪，赴汤蹈火的声音

2018 年 6 月 15 日

驼背老太

被一只无形的手摁着

腰弯成九十度。走路时

旁人只能看到她布满皱纹的前额

身后牵一只装有轮盘的竹箩

有人说，她年轻时是一个窈窕淑女

花容貌美。父母早故

门口横出一道杠，进出开始弯腰了

丈夫海上遇险，又加了一道杠

她独自挑起一对儿女

走上摇摇晃晃的小木桥

尝遍了贫病酸辣饥寒

门口的杠加了一道又一道

腰越弯越低。不管走到哪里

总有一只看不见的手

把她死死地摁着，直至九十度

再也直不起。如今儿女都已出道

门口的杠已一一拆除

但腰再也直不起来了。她愿意

一个人走路，哪怕腰弯成八十度七十度
只要还能看清前进的脚步

2018 年 8 月 2 日

画　圆

阿 Q 画圆与领导圈阅是不同的
用圆规画圆与徒手画圆也不同
圆规画圆是做几何题
徒手画圆是搞艺术创作
我从来不用圆规，是个数学盲
常常徒手画圆，但与艺术无缘
每天睡觉时，把一天采摘的果实
画个圆，清零
每到年关，把一年采摘的果实
画个圆，清零
我在圆下再划一条杠
当作田径场上的起跑线

2018 年 12 月 19 日

道是无情却有情

火在锅底燃烧。噼噼啪啪
水在锅里起舞。夫唱妇随
水结成了冰，冷酷无情
火帮它化解，万种柔情

水想冉冉升天
火助它化作缕缕炊烟
都说水火不容。其实
它们是不按常规出牌

2018 年 12 月 21 日

这一步跨得好大

这一步跨得好大
把港珠澳垫在胯下
银河上一座鹊桥
连接了有情人的相思
这一座，在三个巨人的头上飞过
构筑了千万儿女的幸福之路
羽毛搭起的桥，一年一渡
跨海铺成的路，千年通途
下凡吧，牛郎织女
爱的桥梁已经铺就
喜鹊都飞过来了
天上人间，请上路

2019 年 1 月 17 日

编　织

几根银针在她的指间跳动
围巾头巾枕巾毛衣。五彩缤纷
织出老屋里的锦绣河山
织出星罗棋布的爱

直到手指僵直，双目失明

银针握不住了，眼睛看不见了

空手还习惯性地在编

生命不息。她

还有一波一波的梦

还有丝丝缕缕的憧憬

还有春花秋月的甜蜜

2019 年 2 月 12 日

喜鹊巢

一二三四五，五个黑黑的鹊巢

架在五棵大树的顶端

西北风把树叶洗劫一空

凸显几个孤零零的鹊巢

与枯枝相依为命

昨夜西风吼叫了一夜

大雪压境，千军万马

树下的几间民房，瓦飞墙裂

成为杜甫笔下秋风中的危房

几只鹊巢咬住枯枝不放，安然无恙

巢的设计天衣无缝，施工巧夺天工

喜鹊，杰出的设计大师

优秀的能工巧匠。提议

授予它诺贝尔建筑奖

2019 年 2 月 23 日

海　浪

说它是工作狂一点不为过

拼死、拼活、拼命

不惜粉身，不怕碎骨

阻不断，拦不住

大海太宽，远方太远

也许多数到不了对岸

到不了静如练的港湾

还是你追我赶，推一把

送一程。追梦

不舍昼夜

2019 年 2 月 26 日

迎春花

开在春天过来的路上

取名迎春。红楼梦里的迎春

从红楼里走出，进了皇家大院

与秋天结缘，成为怨妇

她迎来春天，成为春天的家人

按年龄她是家里的姐姐

为春天立过功。但英雄不提当年勇

从不与兄弟姐妹争艳、争宠

看着一家人一个比一个漂亮

她甘愿隐退，不为自己色衰

忧心忡忡

2019 年 3 月 20 日

鸭　子

再好的游泳健将
也赶不上鸭子
浮在水面，那么轻松
休闲。向前向后向左向右
毫不费力。一整天在水上
不喘一口气。还嘎嘎嘎叫得欢
只有鱼儿知道，它的两只脚
在下面又蹬又划，马不停蹄
岸上的人，哪里看得见

2019 年 3 月 21 日

春风的号召力

假眠的树醒来了
花容失色的开始化妆了
隐居在地下的纷纷出头露面
装聋作哑的鸟先后登台演唱
春风是它们的头领，一呼百应
呼啸的西北风想反扑。没门

2019 年 4 月 20 日

问花，花不语

问花，花不语
问草，草不言
走吧。你们不是我的朋友

问星星，星不理
问月亮，月不答
去吧。你们不是我的知己

问自己，一千道答题。答案
都是迷。一别四十载，母亲
你还在操劳吗，为何深藏不语

2019 年 5 月 7 日

起点和终点

离弓时跑得飞快
最后有气无力地坠落
留下个强弩之末的话柄
不像导弹，走得有始有终
把最大的爆发力留在终点
我只想做一只大雁
从南到北，从北到南。一万里
始终如一。落地的时候

留下歌声。不伤人

2019 年 5 月 16 日

规　律

月亮由圆转缺，由缺转圆
每月一个行程。是不变的规律
丈夫除夕回家，正月十六出门
这也是规律。后来节日不回
非节日匆匆回来又匆匆走
再后来数年不归。变得越来越
没有规律。她越来越羡慕月亮
每晚都要抬头望月。看着它
由圆转缺，再由缺转圆

2019 年 7 月 12 日

我淋湿了雨

惊闻夜深敲门声
我匆匆开门
母亲站在雨里
我惊喜，让母亲进门
母亲站着没动
我伸手去拉，母亲后退
再拉再退。等我出门去拉
母亲已消失在茫茫的黑夜

我久久地站在雨中
雨水淋湿了我的梦
我淋湿了雨

2019 年 7 月 14 日

虫　鸣

深夜里开始唱歌
单音节，中低音
只闻其声，不见其影
动听不动听，喜不喜欢
不去考虑。好与坏
都是一种歌声。卑微
不应是可以忽视的生命

2019 年 8 月 5 日

不锈钢

是第几代子孙就说不清了
经过一代又一代的火攻锤击
赶走了腐败的基因
保持不锈、不蚀、不腐
无意与金子比高贵
自信在阴暗处依然闪光
不与变色的伙伴同流合污

2019 年 8 月 28 日

告　别

告别与人的一生相随
与逝者告别。与家人告别
与故乡告别。新婚告别
鞠躬。不舍。一步三回头
我的告别
无喜。无虑。无悲
我是与昨天告别
扯几片昨天的彩云
添加明天的风景

2019 年 9 月 8 日

党旗军旗国旗

老上海思南路的小楼里
绣出了第一面党旗
南昌城头举起第一面军旗
井冈山的星星之火揭竿而起
黄洋界炮声发出了工农的吼声
两万五千里雪山草地铁索
刻上几万红军的足迹
嘉兴的红船乘风破浪
从南湖驶向延安，驶向北京
天安门城楼升起第一面五星红旗
党旗军旗国旗

飘扬在长江黄河的上空

飘扬在城市、农村、边境

飘扬在幢幢高楼的楼顶

飘扬在

十四亿中国人的心里

2019 年 9 月 27 日

1 加 1

不是做加法。也不是

搞哥德巴赫猜想

是我自己设计的云计算

一步一步的连续相加

是两万五千里长征

一唱雄鸡天下白

一个脚印和一个脚印连续相加

是站起来、富起来、强起来的

神州华夏

一条长江和一条黄河相加

是流向九百六十万平方公里的

大地中华

一步一步攀登的足迹相加

将攀上八千米高峰

一览天下

2019 年 10 月 3 日

星月帖

月亮是诗歌的常客
圆圆的，亮亮的，柔柔的
是诗人的闺蜜和知音
嵌进喜怒哀乐的一颗明珠
星星都远远地站在月亮的背后
一闪一闪。别看它们不起眼
其身高和体重，都超过月亮
风清月白。它们谁都不想
夺取诗人心中的偶像

2019 年 10 月 24 日

留下一点白

春暖花开的日子
留恋冬天的白

母亲头上的雪花
衣缝里钻出来絮花
听到我回家的脚步声
倚在门口露出的一口白牙

百花丛中，我摘下一朵小白花
让红红绿绿的春天
留下一点白

2019 年 11 月 6 日

讲　台

三尺的距离走了一生

寰宇浓缩在四十五分

一支粉笔写尽一个世界

栽在小屋里的桃李开满万里长城

小小的烛光与日月同辉

甜甜的嗓音响如春雷

台下，从一群牙牙学语的童声

到同唱青春之歌的美声。歌声

响彻长江黄河，响彻大海

响彻苍茫的世界

2019 年 11 月 10 日

冰　凌

苦寒锤炼的刀子

倒挂在檐下。充当老屋的

卫士。任凭北风呼啸恫吓

忠于职守，不为所动

风刀霜剑，意志弥坚

直至春风赶来慰抚

一点温暖竟让这个硬汉流泪

点点滴滴，化作柔情如水

2019 年 11 月 11 日

黄包车

11 路的编号不会改变
一块帐篷做成车顶
车轮是两条细长的腿
车架前面的两根木棒是方向盘
没有预设的车站
每一个站点都在乘客的嘴上
37℃的体温，赶不上小车的
气缸。马拉松的脚步
一天奔走近百公里
深夜，停靠在芦席棚里
油已耗尽。口袋里摸出两块大饼
狼吞虎咽。算是给空空的油箱
加油

2019 年 11 月 13 日

湿地公园

是远祖留下的遗产
没有被子孙分割。长相没有变
血统也保留当年的基因
草丛里小动物的招呼声
原汁原味。似曾相识
起起落落的飞鸟，没有攀高枝
祖祖辈辈与寒舍不离不弃

那些背井离乡踏上富贵之地的
失去了乔迁之喜，飞回故乡
摩天大楼里走出来的男男女女
都向往这块神秘的土地
说这里的虫鸣鸟鸣最动听
这里的湿土草木是最美的风景

2019 年 11 月 14 日

老　街

枯瘦的屋脊，像老人扛着肩胛
站在西风里。瘦而不倒
挺过了上百年。任凭风吹雨打
肩并着肩，节节相连

老街的一头，移动着两对屋脊
一对耄耋老人缓缓走来
手里没有拐杖。脚下没有羁绊
脚踏青石板。手挽手，肩并肩

百年的老街，瘦而不倒
纵然西风烈，依然肩并着肩
迈向千年

2012 年 9 月 29 日

哑声的喜鹊

喜鹊起飞时会叫几声
报喜。降落时会叫几声
报平安。人称吉祥鸟
正午时一群喜鹊飞上飞下
却听不到一点叫声
面对面，喙对喙
打的也是哑语。此时
不远处的农舍里
隐隐传来哀乐声和哭声

2019 年 11 月 28 日

眼　睛

拒绝包装。管他包得严严实实
独自暴露在外。两道视线
洞察真后面的假。假后面的真
扛得下风和雪，热和冷
让那些健美的肌肤自叹弗如
却容不下一粒沙
一旦入侵，团团包围
挥泪冲刷。直至赶出国门

2019 年 11 月 30 日

几片黄叶

几片黄叶在枯枝上翩翩起舞
同伴们先后都已退休。它们
还坚守岗位。昨夜北风呼啸
大雨被吹成一根根倾斜的鞭子
几片黄叶依然咬住枯枝不放
树下一位穿黄马甲的清洁工
脸谱显示已过了花甲之年
他与树上的黄叶仍在岗位尽责
发誓坚持到与青和绿交接班
任周天寒彻，撑起一把老骨头
站好最后一班岗

2019 年 12 月 5 日

巧夺天工

这座山肯定是刀削过的
笔直。光滑。山顶一对黄昏恋
面对面，亲热无比
山上寸草不长。石缝里
竟长出一棵高高的松杉
山的一边有泉水汩汩流下来
老天降下的奇才，天才，鬼才
巧夺天工。我猜
山顶黄昏恋人的肚子里

藏着大自然的鲁班

2019 年 12 月 8 日

有一天

有一天，黎明来临
我要把朝露吸尽
不怕撑破肚子。慢一拍
露水就会无踪无影

有一天，黄昏临近
我用双手托起夕阳。不怕
力不从心。哪怕托住一瞬
也要延长五彩的晚景

有一天，夜深人静
我要把我的梦摁住
不让它溜走。直到天明
让美梦成真

2019 年 12 月 11 日

一万里不长

大雁的队形整齐
那只领头的是群雁的导航
白云让路。黑云的阻挡无效
它们很快穿过去

前方的目标有磁性闪烁
风雨无阻。昆仑不高
大海不宽。一万里路不长

2019 年 12 月 28 日

录音机里的呼唤声

除夕，鞭炮声之外
隐隐传来呼唤我乳名的声音
寻寻觅觅，那声音来自我的心灵
我的心灵是一台录音机
母亲的呼唤声，唠叨声，叮咛声
悉数刻录在磁盘里。年年岁岁
不消磁，不走音。每逢新年
阖家团聚，录音机里会播出
母亲的声音。四十一年过去
那声音还是那么悦耳动听
我多么想回一声。只恐
她再也听不见。唯有绵绵的
江水长流的录音

2020 年 1 月 24 日

使　命

告别阖家的团圆
来不及挥手
踏上与毒魔决斗的战场

身上的包袱一件一件卸下
年老的双亲。怀孕的妻子
牙牙学语的孩子
再见了。披上飘飘的白大褂
前线的战事已经拉响
敌人钻到铁扇公主肚子里了
逃不过孙悟空的火眼金睛
胜利的号角就要吹响
凯旋，亲人们的守望

2020 年 1 月 26 日

情　书

青年时没有写过情书
老了也无情可书
昨夜爱情鸟款款而来
深情难抑。提笔写下三封信
一封写给烈士李文亮
用哨子吹开毒雾。把胸膛
顶在毒魔的枪口。英雄倒下
伤者站起。第二封写给钟南山
老将出马，走进前方战场
深入敌后，掌握敌情
知己知彼，克敌制胜
第三封信写给舵手总指挥
站在制高点，运筹帷幄
运动战，阻击战，包围战
遭遇战，游击战。战无不胜

致敬！致敬！献上我的一份爱
凯旋！凯旋！胜利歌声动听

2020 年 4 月 3 日

老军人

枪杆子离他而去几十年了
有时还会做个瞄准的姿势
接替枪杆子的是镰刀锄头剪子
锄头除去过往的记忆
镰刀收割后半生的果实
剪刀修剪七彩的晚霞
小孙子在木箱里翻出一把金片
邻居一看都是军功章
笑问哪里来的。众人
沿着他的小手指
对荷锄而归的爷爷反复打量
好像他刚从天外归来

2020 年 3 月 11 日

号　子

码头号子，纤夫号子
是从嗓子里喊出来的
进军号子
是从乐器里吹出来的

嗓子里喊出来的
是汗水流淌的声音
乐器里吹出来的
是生死搏击的生命

那些与毒魔奋战的逆行者
非常时期吹响进军号
吹出的是汗水，又是
奋不顾身的生命

2020 年 3 月 10 日

影子的追求

影子是我的，也是太阳的
太阳下去了，他跟着下去

影子是我的，也是月亮的
月亮被黑云包围，他去相伴

影子是我的，也是灯光的
灯灭了，他也走了

影子一直与我相随。他更在乎
追求光明

2020 年 2 月 17 日

第二卷　时光脚印

第 1 辑 小 说

三常委

大家叫他"三常委"，其实他的真名叫王大根。那年领导班子调整，他以工人代表的身份进入党委、革委会和工会三套班子任常委。时间一长，"三常委"的名气越来越响，他的真实名字倒是没有几个人叫了。

不过，他并不希望别人称他"常委"或"领导"之类。他经常在公开场合申明："我是工人阶级出身，是个泥瓦工，大家叫我王师傅就行了。我喜欢别人叫我师傅，感到亲切！"话虽怎么说，大家还是称他"领导"和"常委"，看得出，他是欣然接受的。

他经常参加各种公开活动，代表三套班子发表意见。别看他文化水平不高，几年领导当下来，嘴巴也磨炼出来了。秘书写的发言稿，有时读不下去的时候，他就放下稿子，即兴发言，并且讲得不打磕巴。台下的人，喜欢听他即兴发言，感到挺风趣，瞌睡也没有了。

他的办公室，布置得很豪华。一圈真皮沙发，中间是漂亮的茶儿。正面墙上，悬挂着毛主席的镜框像。右边墙上，是一排木制玻璃门的书橱，里面摆放的都是精装本的马恩列斯和毛泽东的著作。书橱门是锁着的，很少看到他打开过。其实，他坐在办公室的时间不多，也很少有时间去读那些原著。平时，他基本不坐沙发，据他说是坐不惯。他有一个习惯，坐着的时候，总是把一只脚撩起来，脱掉鞋子，踏在座椅上，手掌不停地摩擦膝盖。

　　基层单位的工人，对他都有良好的印象。他经常下基层，与工人打成一片。有个新进单位的青年，也是泥瓦工。他贴的瓷砖，线条不直、表面不平整。"三常委"见了，用一把木榔头轻轻敲了几下，发出"壳壳"的声音，就说："你听见没有，里面的砂浆是空的，时间一长，瓷砖肯定会掉下来。"边说边把瓷砖铲下来，进行示范操作。很快，一面墙的瓷砖贴好了，横竖线条整齐，表面平整。小青年用木榔头敲了几下，再也没有"壳壳"的声音。而"三常委"的衣服上，竟没有一点飞溅物。临走的时候，他拍拍小青年的肩膀，语重心长地说："小伙子，好好干，今后就靠你们接班了！"小青年向他投来钦佩的目光。

　　那年冬天，离春节不到一个月。外地一个采石场（归上海管辖）发生工人罢工。采石场的领导几次三番来电话，催上级机关派人去解决。事关重大，党委马书记把"三常委"找去，说党委决定派你去采石场，解决工人闹事的事。你要做好工作，把握政策。你是工人阶级出身，处理工人的事肯定有经验，领导相信你。

　　党委书记的嘱托，他不敢怠慢。生活用品都来不及准备，就让司机开车，直奔外地的采石场。

　　小车开了四个小时，傍晚的时候，终于到了采石场。场里冷冷清清，几乎看不到一个工人。倒是场里领导班子的人员，齐刷刷地在大门口恭候。党委书记辛卫东亲自开车门，把"三常委"请下来："领导，终于把你盼来了。你们一路辛苦，先吃饭，好好休息一下。"他们已准备好晚餐，打算好好招待。

　　"三常委"一脸严肃地说，事情没有解决，先吃饭干什么？拿几个馒头来，我边吃边听你们汇报。

　　经过一番了解，原来工人罢工都是因为生活待遇长期得不到解决造成的。采石场的工人，多数没有正式编制，有的在场里干了几十年，还不是正式工人编制。他们在野外工作，没有野外作业补贴。不少人得了矽肺，却没有医疗补贴，只能活活等死。场里的领导也没有办法，政策不是他们制定的啊！

　　"三常委"听完汇报，起身问：谁是带头的，我要找他谈谈。

　　他们不知道，这时会议室门外，已经站了很多人。听说上级机关派人来，他们哪里按捺得住，争着要与大领导见面，反映问题。见"三常委"站起来，他们等不及了，一窝蜂地冲了进来。"三常委"见状，拍拍膝盖说，这么多人，怎么谈？你们派一个代表，我先单独与他谈。我到这里来，不是待一天两天，与大家谈话的时间有的是，不解决问题我是不会走的，请大家放心！

这时，人群里走出一个中年妇女，穿了一件打补丁的工作服，背有点驼，脸色粗黑，门牙焦黄。她说，我是代表，我们先谈吧！"三常委"要大家先回去，让辛书记安排一间办公室，他与代表个别聊聊情况。

在一间小办公室，他与这位女代表面对面坐下。女代表自我介绍叫王金花，今年38岁，从20岁进采石场，已干了整整18年，至今还是个临时工，一个月拿40元钱。"领导，你看看，我还不到40岁，已老成这个样子。这两年，我老是咳嗽，医院一检查，得了矽肺，已经二期了，谁来给我医病啊。我一死，两个孩子怎么办？向领导反映，都解决不了问题。我们不是要闹事，实在没有办法啊。大领导，听说你也是工人阶级出身，你要给我们做主啊！我给你磕头！"说着，女代表立即跪下来。

"三常委"上前把女代表扶起来，安慰她说："你站起来，不要这样。我也是工人出身，对你们的遭遇非常同情。我这次来，就是要解决问题的。我们共产党就是为人民谋福利的，你们的困难，我们不会不管。不过，你们罢工总是不对，不工作，谁给我们饭吃啊！"

王金花第一次遇到这么讲道理、体察民情的大领导，感动得泪流满面。她表示，只要他们的实际困难能得到解决，立即复工，让领导放心！

这一晚，"三常委"只啃了几个馒头，连续找了好几个工人谈话，发现他们都很通情达理，对领导尊重有加。

经过两天的调查和了解，他摸清了工人的基本要求。他认为，这些要求是合理的，是应当解决的。于是，他把领导班子的成员召集起来，提出自己的意见：第一，立即对场里的工人做一次体格检查，患有矽肺的，给予免费医治，没有劳保的，费用由场里支出；第二，野外作业的，一律发放野外补贴，按日计算；第三，凡在场里工作满15年的，给予正式工人编制。会上鸦雀无声，倒是主管劳动人事的钱主管打破沉默，发表了自己的意见。他说，最好上级机关发一个文件，我们照办，口头说说，我们不好办！"三常委"一听有点恼火，他立即打断钱主管的话，拍着膝盖说："先按我说的办，文件我回去以后会发下来。"

工人听到大领导意见，个个欢欣鼓舞。王金花首先出来表态：我们立即复工，欢迎领导常来指导工作。群众中响起了热烈的掌声！

"三常委"走的时候，场里的工人自觉站成两边，含着眼泪，夹道欢送。"三常委"上车之前，与两边的工人一一握手。他还特意走到王金花面前，风趣地说："我们都姓王，五百年前是一家啊！"直到小车消失在大家的视线外，工人还舍不得离去。

一场风波终于平静下来。"三常委"为自己的成绩沾沾自喜。他对驾驶员说，当领导就是要体察民情，要解决问题。谁说工人难弄？我们的工人是最好的，都是跟共产党走的。当官的，不能当官僚主义！

回到机关，他首先向马书记汇报。他谈了场里工人的疾苦，他又是如何一个一个做思想工作，工人如何感动，现在都高高兴兴上班了。马书记没有细问，他是不问过程，只关心结果的，听到工人已经复工，满意地点点头，对"三常委"大加称赞："工人干部就是好，与工人有共同语言。"

"三常委"公务活动频繁，这件事在他的头脑中渐渐淡化。元宵节过了没几天，他刚刚上班，电话铃就响了，是门房间打来的，说是有一位小姑娘要找他，要不要让她上来。他思前想后，觉得从来没有与那个小姑娘有过接触，出于好奇，他同意让小姑娘上来。

小姑娘看上去最多十六七岁，扎两条小辫子，穿一件对襟的碎花棉衣，略带稚气。毕竟是花样年华，姑娘的曲线开始显露，脸色嫩里透红，一对漂亮的眼睛总带有一丝羞怯。进门以后，她没有在沙发上坐，而是站在"三常委"办公桌的对面，说："领导，我妈妈让我来看看你，向你汇报一些事。"

"三常委"好奇地问，你妈妈是谁？我怎么不知道？小姑娘说，我妈妈叫王金花，妈妈说你是好人，是天底下最好的人。"三常委"摆摆手，要她别这样说，又问起她妈妈的情况，现在转正了没有，待遇问题有没有解决。姑娘说，还是老样子，他们根本没有照你的指示做。妈妈的病加重了，她来不了，要我来问问领导，请领导再到场里去一次。

"三常委"听了非常生气，他要打电话给采石场的辛卫东书记，问他为何阳奉阴违，拖着不办。小姑娘说，辛书记说了，要看到上级的文件再执行，口头说的不算。"三常委"重重地拍了一下膝盖，立即表态，文件马上起草，过几天就发下来，回去告诉你妈妈，这件事我王某负责到底！小姑娘走的时候，千恩万谢，就差没有磕头了。

起草文件的事，他不是没有想到过的，但事情一多，就忘了。他把秘书叫来，授意他立即起草一个文件。秘书听了他的交代，感到有些为难，说这类事，政策性很强，恐怕领导班子要讨论，集体决定后才好发文。"三常委"显得有些不耐烦，说领导班子讨论的事由我负责，你只要把文件起草好就行了。

拿到秘书起草的文件，他马上交给马书记，希望他签发。马书记看了文件，感到一头雾水，问到底怎么回事，说这些问题涉及的面很广，领导班子都没有讨论过，怎么随随便便发文？

"三常委"的一颗心始终悬着，放不下来。这些事，他已经有过承诺，如果说了不算，今后还有谁相信？他怎么向王金花母女交代，怎么向采石场的几百号工人交代？现在关键是要说服马书记。他把去采石场实地考察的情况，工人的实际困难和合理呼声在马书记面前详细地动情地说了一番。

马书记在听汇报的时候，一般都闭起眼睛，不了解的人，还以为他睡着了，其实不然，他听得很仔细。不等"三常委"讲完，他就把眼睛睁开了，一脸怒容地说："你也太轻率了，谁让你随便承诺的？农民工转正式工，我都没有这个权，你有权？农民看病，哪个有劳保？叫厂里拿钱吗？你当领导不是一年两年了，你这样随便承诺，不是在添乱吗？"

"三常委"的脸红一阵白一阵。他担心的不是如何受批评，而是无法面对王金花和她的女儿，无法面对那么多工人期待的眼神。如果这些问题不解决，罢工和闹事将会继续，他的工作将前功尽弃。以后，他哪有脸再去采石场！

他鼓起勇气，决心来一个孤注一掷："马书记，我是工人出身，大不了回去当工人。但我不能眼睁睁看着工人的实际困难无动于衷。政策归政策，工人的困难也是要解决的。"

听"三常委"这么说，马书记软下来了。一个堂堂的党委书记，不能给人留下冷酷无情、不关心群众痛痒的印象。最后说了一句："好吧，在不违背党的政策的情况下，尽可能解决工人的实际困难。"马书记让他今后不要插手这件事，免得被动。至于怎么两全其美，妥善处理，他没有明说。

几年后，笔者在一个工地上，又碰到了"三常委"。他正在一个卫生间贴瓷砖。曾经受过他帮助的那个小青年赞叹地对我说，王师傅的手艺最好了，我们公司没有人比得过他。

大家都叫他王师傅。至于"三常委"的称呼，知道的人已经不多了。

跳　槽

　　谈不上功成名就，也算是一帆风顺吧。重点高中毕业，保送名牌大学，毕业后进入一家不错的企业，担任技术部门的负责人，收入不低。一个贫困山区出身的孩子，来到大城市，有了一份体面的工作，应当是满足了。

　　最让涛涛感到欣慰的是，他遇到了一位好领导。尚经理平易近人，经营理念独到，思路开阔。他非常爱才，凡是对企业有用的人才，他都能安排适当的位子，让你英雄有用武之地。他与尚经理素不相识，在公司工作不到两年，就被提拔为技术部门的负责人。尚经理多次表扬他，说他工作踏实，钻研技术，人才难得。有了这样的工作环境，他感到心情很舒畅，工作十分敬业。

　　然而让他纠结的还是个人问题。倒不是找不到女朋友，而是经济基础太脆弱。虽说工资不低，年薪也有十多万元，但父亲积劳成疾，长年卧床不起。他每月都要寄钱回去，为父亲治病。有了女朋友，七七八八的支出也很多，还有租借住房的开支。一年下来，积累的资金不过五六万。在这个大城市，要买一套两室一厅的商品房，起码要二三百万。凭他现在的收入，不知要等到猴年马月。女朋友的父母对他没有其他要求，但婚房一定要有。他与女朋友为此常常愁眉不展。

　　女朋友生长在这个大城市，社会关系很多。一天，他下班回来，见女朋友一改往常的愁容，笑嘻嘻地要告诉他一个好消息。涛涛问，是不是你爸妈同意租房结婚了？女朋友摇摇头说："那怎么行，房子肯定要买的。"涛涛一听泄了气，心想，那还有什么好消息。女朋友潇潇卖关子，让他继续猜。涛涛不想再猜，除了房子，其他消息再好，他也不感兴趣。

　　潇潇把嘴凑到他的耳旁，轻轻地说了一句什么话，让他惊骇得目瞪口呆："你是在白日做梦吧，谁会白送我们一套房子？"潇潇告诉他，她有一个小姐妹，在一家公司工作。他们老板早就想把他挖过去，只要他肯过去，年薪长八万，还保证给你一套市中心的住房。"怎么样？给你联系到这么好的单位，看你怎么谢谢我。"涛涛表示怀疑，说你不要想得太美，他们老板为什么要花这么高的代价把我挖过去，我有多大的本事啊，不要被骗了。潇潇说："我骗你干什么？他们老板说了，只要签好合同，房子马上给你。但要为他们公司服务八年，否则，住房要收回的。"

面对突如其来的喜讯，涛涛毫无心理准备。他很不愿意离开自己的公司，几年来，他对公司有了很深的感情，工作起来心情舒畅，感到有一种归属感。对于新公司，他毫无所知，老板的为人如何，他一点不了解。听了潇潇的话，他好像高兴不起来。潇潇很生气，一脸的不快。她冲着涛涛说："那就算了，等我们老了再结婚吧！"涛涛说，我不是不去，对这个公司了解了解再做决定，好吗？

潇潇想想也是。她通过小姐妹对这个公司做了一番调查。原来这家公司与涛涛所在的东方公司是同行，老板非常能干，交际面也很广。由于缺少技术能人，技术方案做不好，质量老是上不去，影响了公司的市场信誉。他千方百计在大企业挖人才。后来在一次竞标中发现了涛涛，对他在技术答辩中的表现非常赏识。于是下决心高价把他挖过来。潇潇说，你到他们公司去，会得到重用的，据说要把你提为总工程师，你肯定能大展宏图。

涛涛一直在思想斗争。去吧，他实在舍不得离开现在的公司，离开这么好的领导，离开这么好的环境；不去吧，住房怎么解决？结婚要拖到什么时候？看看潇潇焦躁、期待的眼神，最后，他选择了同意。潇潇高兴得跳起来，搂着涛涛的脖子，在他脸上亲了又亲。

几天后，他怀揣辞职报告，敲开了尚经理办公室的门。尚经理还蒙在鼓里，见涛涛进来，马上招呼："小涛，你来了正好，我正要找你呢。你编制的正旦工程的技术方案很好，不少技术措施是创新的，我们中标的希望很大。你辛苦了，我代表公司谢谢你了。"听到领导表扬自己，涛涛五味杂陈，他真不知道如何开口好。尚经理给涛涛倒了一杯茶，然后从文件夹里拿出一个红头文件，递给涛涛，说："小涛，公司已经决定，任命你担任副总工程师。今后，公司的技术大权就托付给你了。"

这突如其来的喜讯，让涛涛不知所措。按常理，他应当感激。凭他的资历，能担当这样的职务是破例了。但他高兴不起来。见他犹豫的样子，尚经理拍拍他肩膀，告诉他不用担心，大胆干，碰到什么困难，公司肯定会支持他的。

到了这个时候，涛涛感到不能再隐瞒了。他鼓起勇气，把打算辞职的想法原原本本地对尚经理说了。他原以为尚经理会非常生气。但出乎他的意料，尚经理竟非常大度。他说，既然这样，我也不强留你。人往高处走嘛，我理解。我们公司马上给你一个人解决住房问题，矛盾很多，不大可能。希望你走了以后，好好干。什么时候想回来，我们都欢迎。

走出公司大门，涛涛如释重负，深深地松了一口气。几天后，涛涛如约来到新的公司。老板热情的接待，让涛涛受宠若惊。

新老板姓秦，中等个子，两只眼睛炯炯有神，眉毛又黑又浓，像两把刷子，一看就给人精明过人的感觉。他坐在宽敞明亮的办公室，见涛涛进来，立即站起来，紧紧握手，并亲自让座，倒茶。

"久仰久仰，我代表公司热情欢迎你来。今后，你就是我们公司的主人。好好干，有什么问题，直接找我。我做你的后勤服务。"

当天下午，秦总召开全体中层干部会议，会上宣布："给大家介绍一下，涛涛是我们公司特意聘来的专家，从现在起，他就是公司的总工程师。今后，公司在技术上都听他的，他全权代表我处理技术和质量上的所有问题，不用再请示我。"

秦总正是个爽快人，说话干脆利落，一点不拖泥带水。他也信守诺言，许诺给涛涛的工资和住房一一兑现。

拿到住房的那一天，潇潇特别高兴。她与男朋友一起，带着父母看新房。这是一套两室两厅的套房，厨房间和卫生间都很宽敞。她与父母边看新房，边筹划着装修和结婚的大事。未来的岳父岳母对涛涛也是刮目相看，宠爱有加。涛涛感到好像在做梦，他不相信好运会这么快地降临。他揉揉眼睛，但眼前的一切都是真的。

然而，现在涛涛最关心的还是工作上的事。秦老板花这么高的代价把他挖过来，肯定是要有所回报，期望他为公司带来更大的效益。自己初来乍到，人际关系不熟，对下面能指挥得动吗？万一有什么闪失，或者达不到预期的效果，他在公司里还站得住脚吗？心里总感到不踏实。

意想不到的事情终于来了。那天，秦老板兴致冲冲地来到涛涛办公室。

"蔡总，"涛涛姓蔡，秦老板这样称呼，以示尊重，"告诉你一个好消息，正旦工程的投标单位现在只剩下两家了，一家是你原来的东方公司，另一家就是我们公司。技术标他们的分数比我们高，商务标我们分数比他们高，我们的报价比他们低了一千五百多万。如果技术方案再完善一下，我们中标的希望很大。这方面要靠你了。"

真想不到，刚刚跳槽，就要面临与原来的公司竞争。正旦大厦的技术方案是自己一手编制的，是公司投标的一张王牌。我怎么能出卖原来的公司。那样做，我对不起尚经理，也违背了做人的原则。无论如何，我不能那样做。涛涛把自己的想法，直截了当地告诉了秦老板。他说："秦总，那个技术方案是我做的，我不能做对不起原来公司的事，那样做，我今后在行业内就难以立足，对我们公司的信誉也不好，认为我们在剽窃人家的东西，人家会小看我们的。我还是在其他工程上多做些努力吧。希望秦总理解。"

秦总毕竟是见过世面的人。听了涛涛的话，他不仅不生气，反而对他肃然起敬，认为涛涛这个人很有品位，是可以重用的人。他对原来的公司，很重义气，启用这样的人，可靠！他连声赞叹："蔡总说得有理，这个工程就不麻烦你了。不过，如果我们中标，今后在技术和质量上你要把好关。"

涛涛感到，秦总还是一个深明大义的老板，他没有为难自己。他向秦总表示，如果中标，我一定尽力，请秦总放心。

秦总不愧久经商场，在市场竞争中很有办法。为了中标这个大工程，他方方面面的关系都摆平了。尽管技术方案不如对方科学、先进，但他向业主保证，技术上绝对没有问题，对方技术方案的编制人，现在已经是我们公司的总工程师了。业主经过调查，果然如此。最后，秦总的公司一举中标，公司上下一片欢腾。

涛涛毕竟是懂技术的内行，他在高兴之余也有一丝忧虑。秦总的报价太低了。如果比对方低四五百万元，尚在范围之内，现在低得离奇，弄得不好，要亏损。这样不是白辛苦吗？

出于对公司的责任，他向秦总谈了自己的想法。不料秦总不以为然。他说，只有报价低，我们才有可能中标。这是第一步，以后的事，我自有办法。你负责技术和质量把好关就行了。

涛涛想想也是。他是负责技术的，经营上的事，用不到他多去操心，老板有老板的打算。他提醒过，也算是尽到责任了。

工程开工以后，涛涛一心扑在工作上，技术方案不断完善，工程质量一丝不苟。秦老板看在眼里，庆幸自己用对了人。

一天，涛涛在车间检查构件加工质量时，发现钢板的厚度不符合设计要求，少了3毫米。他立即拿来质保书，而质保书所标明的数据都是符合要求的，这到底是怎么回事？他立即把采购总监姜春旺找来查问。姜春旺告诉他，这批钢材是从外地一家钢厂进的货，价格比较便宜，但质量绝对没有问题。涛涛问，那为什么质保书和实际的尺寸不符？这样的质保书能相信吗？姜春旺说，少了3毫米，也是在允许范围内。涛涛一听火了，他说，这是高层建筑，材料一点不能马虎。我是总工程师，在技术和质量上，我负全责。这批钢材必须退货，工程立即停下来，已经加工的另作处理！

涛涛清楚地记得，秦总在会上宣布过，技术和质量问题，我代表秦总说了算。这既是对我的信任，也是赋予我的责任。我必须对得起业主，对得起秦总，也对得起自己。

他立即召开工程例会，把车间主任、项目经理和技术、采购部门的负责人召集起来，宣布暂时停工，同时，向钢厂提出索赔。

会上鸦雀无声，几乎没有一个人出来响应。涛涛见大家不说话，就强压怒火，说，既然大家不说话，说明都同意了，散会！

第二天，他到车间去检查，里面机声隆隆，焊花四溅。那批钢材纹丝未动，工人照旧在加工。他立即把车间主任找来，严肃地进行批评。车间主任说："姜总监来打过招呼了，钢材已经买来，不可能再退货，已经加工了这么多，返工的话，工期跟不上，损失也太大，划不来。"涛涛说，那出了质量问题怎么办？你负责？车间主任两手一摊，表示为难，要他去跟姜总监说，他也没有办法。

涛涛气冲冲地找到姜总监，说昨天刚刚开过会，已经做出了停工决定，大家都没有发表不同意见，你有什么权力让他们开工？质量问题你负得了责吗？

姜总监戴一副深度的近视眼镜，头顶半秃。他总是一副谦恭的样子，从来不与人争执。他有他的做人原则，就是谁大听谁的。见涛涛生气的样子，他不慌不忙，要蔡总息怒，说这批钢材其实是秦总指定采购的，秦总与钢厂的老总关系很熟，我们是老客户了，质量上不会有问题的。涛涛说，你验收的时候，为什么不核对一下质保书？姜总监说，我核对过了，也反映过了，是秦总同意验收的。

还有什么话好说呢，只能去找秦老板了。但秦老板今天外出，只能等到第二天再说。

回家后，涛涛一脸倦容。潇潇关心地问，身体怎么样，是不是太吃力了，好好休息，我先给你倒一杯茶。涛涛一句话也不说，只是叹气。潇潇感到不对劲儿，问他是不是碰到不开心的事了。涛涛摇摇头。潇潇急着说，那又是为什么啊，不要闷在肚子里，快说啊，急死人了。

"潇潇，我真不该跳槽。"

潇潇大吃一惊，问是不是秦老板对你不好？你告诉我，我找小姐妹算账去！

"不是的，老板对我很好，只是感到开展工作很难，人家不听我的。我只有责任，没有权利。将来迟早要翻船。"

潇潇安慰他，说他刚刚去一个新的单位，人生地不熟，慢慢会适应的，要他多向秦老板沟通汇报。

其实，工作上的事，与潇潇也说不清楚。他也不想让女朋友为自己担心，就装出轻松的样子，一夜相安无事。

第二天，他刚到办公室，就见秦老板推门而入。涛涛急于把这两天的情况向老板汇报，秦老板做了一个暂停的手势，说："蔡总你不要说了，情况我都已经了解。你对工作的负责精神，我非常钦佩。公司需要你这样敬业的人。"听秦老板这样说，涛涛终于松了一口气。他一股脑儿地把自己的决定和想法对秦总说了，最后讲了自己的看法："秦总，质量和信誉是企业的生命，不严格一点，吃亏的还是企业。这批钢材，我们可以向供货商索赔，损失是可以找回来的。"

秦总的两根浓眉紧锁，沉思良久，慢慢地说出了以下一段话："蔡总，你的想法是对的。不过我也有苦衷。这个工程报价太低，也是市场竞争太残酷，不得已而为之。这期间，我们的攻关费用又花了不少。我们如果不把成本压下来，真的要亏损。这批钢材，实际上是我亲自采购的，尺寸是小了一点，但价格便宜，如果在技术上采取一些措施，工程质量是没有问题的。我想蔡总肯定有办法。"

听了秦总的一番话，涛涛的心又被吊起来了。变更材料，需要设计部门的认可，施工单位是不能擅自改变的。否则总工程师吃不了兜着走，这不是明摆着把他往火坑里推吗？他不能接受。

"秦总，技术措施再好，也要经过设计院的签证，施工单位是无权变更设计的。请秦总慎重考虑，我们不能因小失大。"

秦老板微微一笑，说只要你把技术方案做好，其他的事由我处理。

原来这一切都是秦老板的安排，怪不得他指挥不动。他怎么能与老板对着干呢？他既不能得罪秦老板，又要在技术上尽到责任。凭着他的知识和经验，他连夜翻阅了计算书，在技术上做了一番补救措施，完善技术方案，然后与秦老板一起与设计人员协商。两人发挥了各自的优势，说服了设计院审查人员，取得了设计签证，终于迈过了这一道坎。

这件事的处理结果，秦老板非常满意，对涛涛更是赞赏有加。他感到，自己用对了人。涛涛的技术方案，为公司节约了一大笔成本，功不可没。

但涛涛感到心里还是不太踏实。他对这批材料质保书的真实性信不过，提出要对钢材的内在质量进行探伤检查。但这要花一大笔费用。他认为，工程质量马虎不得，该花的钱，还是要花。秦老板说："蔡总说得有道理，但我们与这个钢厂不是第一次打交道，是老客户，质量上从未出过问题，是可以放心的。没有必要再去花这笔钱了。"

车间里热火朝天，一批批加工好的构件陆续运到工地，大楼节节攀升。精明的秦老板掰着指头算了一下，如此一来，光材料费节约了一千多万，加上施工期间增项的费用，工程的利润非常可观。他整天露出得意的笑容，并放言，工程结束以后，一定要拿出一笔钱，奖励有功人员。

当大楼建到二十多层时，秦老板召集有关人员开会，说过几天，市质检部门要到工地进行质量大检查，我们要全力以赴，迎接这次大检查，不能有丝毫的松懈。他特别关照涛涛："蔡总，你重点准备一下技术创新的资料，这也是对公司形象的宣传。"

检查的这一天，涛涛步步跟在专家的旁边，观察专家的动态，听取专家的反映。他听到的几乎都是好评声。有的说构件的加工质量不错，有的说焊接质量很到位，有的说安装尺寸精确。他心里感到一丝安慰，一年多来的辛苦总算没有白费。

接下来是现场讲评会。涛涛一边放光碟，一边讲解工程的特点，施工的难度，技术的创新，以及对工程质量的严格监控。秦总心里很得意，但露出一副谦虚的样子说："非常欢迎各位专家来检查，希望专家从严要求，提出宝贵意见。"会上，专家们几乎没有提出大的整改意见，有的虽然提出了一些质量上的瑕疵，但都不是什么要害问题。秦总最后说，我们公司对质量问题向来是一丝不苟的，蔡总来了，对工程质量抓得特别紧，构件质量不过关，一律不准出厂。

讲评会快要结束的时候，专家组组长忽然感到好像少了一个人："老方怎么没有来开会？到哪里去了？"正说着，那个叫老方的神色有点慌张地走进来。他一进门就对大家说："大家出来一下，我发现一个问题，一起出去看一下。"

与会的人不知发生了什么事，急匆匆地跟在老方的后面。老方在一根钢柱边停下来，指着刚切割下来的一截说："大家看，这钢材的里面有夹渣和层状撕裂。"大家纷纷上前检查，发觉情况还挺严重。专家组组长立即把涛涛叫来，严肃地责问："这是怎么回事？你是总工程师，对材料怎么不把好关？"涛涛脸色变白，额头上冒出汗珠，一时竟不知如何回答。

倒是秦总久经沙场，立即上前打圆场："这根构件可能是不小心混进来的，我们保证立即更换。"他厉声责问公司的姜总监："你怎么搞的？有几根构件我们已经作报废处理了，你怎么没有清理干净，还混在里面？"姜总监心知肚明，立即回应说："我们已经清理了，可能是搞运输的人，错装了一根。"秦总命令："给我立即更换。这件事要好好检讨，吸取教训！质量问题一点不能马虎！"

事情好像圆满解决了。但老方不依不饶，他坚持再抽查几根，切割检查。

秦老板感到这样下去事情将不可收拾，就来一个缓兵之计。他对专家组组长说："你们看这样行不行，抽检我没有意见，但今天时间晚了，过几天，请老方专门来一次，我们也准备一些工具，多抽查一些，好让大家放心。"组长同意了秦老板的意见。

讲评会结束了，涛涛的心里像压着一块大石头。如果当初秦老板同意对这批钢材进行探伤检查，不合格的向厂方索赔，就不会有今天的局面。他名义上是总工程师，但必须听秦老板的，技术必须服从效益。出了问题，他能逃脱干系吗？他后悔当初听潇潇的话，为了一套住房而跳槽，弄得现在进退两难。

回家后，潇潇兴高采烈地对涛涛说，新房装修得差不多了，她请几个小姐妹来看过，她们都很满意，抽时间我们一起去看看，春节我们结婚吧。涛涛心事重重，没有心思考虑房子装修的事。潇潇见他漠不关心的样子，很生气地说，你是不是想别的女人了？装修以来，你一次都没有去看过。谁知道你在想什么！涛涛说，你不要胡思乱想，我心里烦得很。潇潇说，你老是说烦、烦，有什么好烦的，一没有谁批评你，二没有降你的工资，三没有贬你的职，你是不是得忧郁症了？调到新单位后，一直愁眉苦脸的，到底谁亏待你了？涛涛说，老板偷工减料，工程有质量问题，我说了也没有用，这样下去，倒霉的事还在后面。

听男朋友这么一说，潇潇感到事态严重，也为男朋友担心起来。她安慰说，要说错误，责任也在老板。你把你做的事都详细记录下来，将来打官司，我们也有推却的理由。

秦老板却没有那么紧张。凭着他的社会经验，他相信自己没有摆不平的事。现在的关键人物是那个老方，他决定亲自出马去公关。他以汇报整改的名义，把老方请到公司来，先是恭维一番，对老方认真负责的态度表示高度赞赏，幸亏老方查出问题，否则会留下隐患。接着拿出一叠不知从哪里弄来的报告，证明钢材的质量不会有问题，那根有问题的构件是运输工人错拿的。再接着是自我检讨，平时管理不到位，疏于对员工的教育，教训深刻，一定要抓住不放，举一反三，同样的错误绝不能出现第二次。

正说着，人事经理走进来，请示秦总，说针对工地的质量事故，质量科长免职，两名工人除了扣工资、扣奖金，是否作留厂察看处分？秦老板斩钉截铁地说，不行，必须开除，还要在全公司通报！接着，两名"工人"模样的人闯进来，说家里老婆下岗了，老母亲生病住院，儿子正在读书，开除了，我们怎么生活啊。秦老板一点也没有回旋的余地。他说，你们还好意思说呢，你们不负责任，造成多大的恶劣影响，要不是方总认真检查出来，出了问题你们负得了责吗？两个工人转而以乞求的眼神看着老方，希望老方能出来讲几句好话。秦总挥挥手，让他们先出去，他正在向方总汇报工作呢。人事干部和两名"工人"怯怯而退。

老方对两名工人很同情，由于自己检查出了问题，两名工人要被开除，失去工作，感到于心不忍。于是对秦老板说，出了这类问题，主要还应当在管理层和领导层找原因，开除工人恐怕不妥。秦老板接着老方的话说，方总说得对，我也是急病乱投医，首先要检讨的是我。我已经下达了整改通知，马上把这根问题构件更换下来，到时请方总再来检查。

方总有事要走，秦老板没有强留。他说方总很忙，晚饭就不留你吃了，我们准备一些点心，垫垫饥吧。他随即叫来小车司机，递给他一包东西，嘱咐他送方总回家。小车司机回来后，报告秦老板，说事情都办好了。秦老板点点头，露出一副得意的笑容。

第二天，秦老板把涛涛找来，要他到工地监督整改，并让办公室带好照相机，把整改的过程全部拍录下来。

涛涛来到工地，看到的却是另一幅景象：只见工地上围着一堆人，有的在铲除包在钢柱外面的混凝土，有的在切割已经安装好的钢柱，有的在拿着探伤仪探伤，现场指挥的是业主基建处的卞处长。卞处长脸色凝重，见到涛涛，马上厉声责问："蔡总，你这个总工是怎么做的？刚才我们检查了部分钢柱，发现近一半有夹渣和层状撕裂，你们的探伤报告是怎么出来的？是哪一家检测单位出的报告？这不是在糊弄人吗？我们要追查到底！"

涛涛脸色灰白，直冒冷汗。他竟说不出一句话。

原来，那天检查组发现问题后，业主觉得问题很严重，投资好几亿元的工程，如果质量存在问题，怎么向公司交代？他们决定自己组织人检查，于是出现了刚才出现的情况。

卞处长的一句话，更让涛涛心惊肉跳："我们要把检查的情况，向市政府汇报，要求拆除重建，所有的损失，由施工单位负责！"

要来的事终于来了。工程建到二十多层，才发现问题。如果拆除重建，损失至少要数千万元，公司的信誉扫地，有关责任人肯定要处理。

卞处长几乎是用命令的口气，对涛涛说："你通知秦总，叫他马上赶来，工地立即停工，我要开现场会！"

秦老板赶到工地，见业主方的领导、管理人员和邀请的专家已在会议室正襟危坐，气氛非常紧张。他知道情况不妙，乖乖地在一旁坐下来。

卞处长让专家一一汇报检查情况，接着作总结性的发言：问题构件不是个别的，情况非常严重；检查情况与探伤报告严重不符，探伤报告是虚假的。他要秦老板表态，该怎么处理！

事情发展到这个地步，是秦老板始料未及的。他刷子般的眉毛抖动了一下，眼睛凝视不动，半晌才说："卞处长，各位专家，辛苦了。出了这种情况，责任在我，是我对员工教育不够，把关不严。回去我们研究一下，对钢材重新进行复检，不合格的坚决退货。已经安装的，拿出技术方案，作加固处理，确保工程万无一失。请各位放心，我秦某一定负责到底。"他想打破会上的尴尬局面，缓冲一下，事后再做工作。

谁知卞处长态度坚决，毫不留情。他说你们质保书和探伤报告都可以造假，我们还能相信谁？我放过你们了，我的领导也不会放过我。我要向市质监站打报告，坚决要求拆除重建！

精明的秦老板像斗败的公鸡，原本黝黑的脸变成暗红色。他几乎用乞求的口气说："卞处长，你的心情我理解，其实我的心情同你一样，也不好过。我想，办法总是有的。我们公司会拿出一套技术方案，到时请在座的专家再来评审，怎么样？"

"不行！"卞处长斩钉截铁地说，"这不是我个人的意见。事前公司领导开过会了，质量问题绝不退让。这次组织专家来抽查，是公司领导班子做出的决定，抽查不合格，推倒重来，这也是公司的集体决定，我无权改变！"

话说到这个份上了，还有什么好商量的呢？如果拆除重建，那个损失太大，公司将面临严重的困境。

屋漏偏遭连夜雨，秦老板的另一个工地也传来了不好的消息：由于违反施工程序，一味追求进度，几块屋面彩板掉下来，两名在地面作业的工人当场被压死，家属在公司里围成一堆，哭闹不停。

秦老板真的是焦头烂额，一筹莫展。他招来涛涛，连连嘱咐："蔡总，工伤的事我来处理。正旦工程，要拜托你了，无论如何，你要把加固的技术方案拿出来，去说服业主，说服设计院，千万不能拆除重建，否则公司要垮的。全靠你了。"

按秦老板的意见，涛涛一连几天吃住在公司，抓紧编制加固方案，眼睛里布满了血丝。他给潇潇打了一次电话，告诉公司要加班，就关了手机。潇潇几天不见男朋友回来，不知他在忙些什么，手机又打不通，下班后就匆匆赶过来。员工已经下班，大楼里空空荡荡。她好不容易找的总工办公室，见里面亮着灯，推门进去，发现有两个人：一个是涛涛，还有一个是她的小姐妹、公司办公室的秘书小芳。办公室的长沙发上还叠着一条被子。潇潇顿时懵了。

"几天不回家，原来是在办公室忙啊！"

小芳有点尴尬。她说："潇潇，蔡总没有给你说清楚吧，他在编制一个技术方案，很急的。不加班不行啊。"

"你也编制技术方案了？真看不出来，是全才！"

"潇潇，你误会了。我是秦总让我来给蔡总送晚餐的，你看饭和菜都在茶几上，是我刚刚送来的。"

听了小芳的解释，潇潇将信将疑。事情没有弄清之前，她不想与小姐妹撕破面皮，也不想让男朋友难堪。看到涛涛办公桌上摊了一大堆图纸，又见涛涛一脸的倦容，不免心疼起来。她要涛涛今天陪她回家，好好休息一下，明天再来。涛涛说，我今晚一定要赶出来，约好明天与业主谈的。

待潇潇和小芳离开以后，涛涛一个人埋头工作，终于在凌晨2点完成了加固方案的编制。第二天，当涛涛赶到卞处长办公室，向他汇报整改方案时，卞处长竟给了他当头一棒，说你们也不用加固了，公司决定另请高明，拆除下来的钢材，作为对我们公司的补偿，另外再索赔1000万元。我们已经与上次失标的东方公司谈妥了，他们的技术方案专家都认可。如果你们不服，我们准备通过司法途径解决，到那时，可能对你们更加不利。

听了卞处长的活，涛涛像雕塑一样站着，一动不动。兜了怎么一大圈，正旦工程还是由他原来的东方公司承建，他的种种努力都化作泡影。

涛涛回到公司，传来了更加让他震惊的消息：由于公司接连发生重大的安全和质量事故，主管部门决定暂时吊销公司的施工资质，停业整顿。企业的法人代表，技术、安全、质量部门的负责人必须做出检查，接受相关处罚。

涛涛本来要向秦老板汇报工作，特别要谈谈下一步如何向钢厂索赔，以减少公司的损失，现在看来没有必要了，一切都是老板亲自过问的，老板心知肚明，我还有必要去操这个心吗？他感到从未有过的疲劳，好几天没有休息了，他决定回家，好好地睡一觉，再考虑下一步如何走。他睡得很沉，以至潇潇回来也不知道。

潇潇站在床头，细细观察，发现涛涛瘦了。他好像在做梦，梦里似乎受了什么委屈，眼角处有一滴泪珠挂着。她感到很心疼。她伸出纤纤手指，轻轻地擦去他的眼角上的泪水，轻轻地吻他的脸颊。涛涛醒了，他捧住潇潇的脸，像受了委屈的孩子，竟抽泣起来。"涛涛，是我不好，你辛苦，我错怪你了。不要生我气，好吗？"

涛涛说："潇潇，我哪里生你气，我干不下去了，我们把房子退给他们吧，租房子也可以结婚啊！"

如果是别的事，潇潇都可以放弃，唯独房子，那是万万不行的。梦寐以求，已经到手，装修一新的房子，要拱手让出来，等于在掏她的心。她明确表示，其他事情都依他，房子一定不能退。我们与秦老板是有协议的，老板也没有收房子的意思，我们为什么要主动退房？你只要在公司好好干，尽到自己的责任，天塌下来也与你没有关系。

见女朋友态度如此坚决，涛涛也没有办法。他照常去公司上班。公司已没有昔日的人气，几个关键人物都离开公司了，秦老板几乎不在公司露面，办公室只有小芳守着，接接电话，负责一些接待工作。那个姜总监还在，不过见面也不说一句话。涛涛感到从未有过的清闲。到领工资的时候，涛涛发现只拿到应得的一半。财务总监告诉他，是秦老板特意关照的，公司目前遇到困难，秦总主动放弃工资，所有管理人员的工资只发一半，待公司好转后，一并补上。

一天，潇潇正在指挥搬运工安放新家具，办公室的小芳匆匆赶过来说："潇潇，家具不要搬了，这套房子公司已经收回，打算抵押出去。"潇潇一听，马上来火。她告诉小芳，我们是与秦老板签了合同的，房子已经给了我们，为什么要收回？我坚决不同意。小芳要潇潇冷静。她说，房子不是秦老板要收回，是你们蔡总打了辞职报告，主动交出来的。不信你回去当面与蔡总说。

潇潇一听懵了。男朋友辞职了？房子交出来了？怎么事前不透露一点风声？她决定回去问问清楚。

回家后，发现涛涛不在，打他手机，关机了。桌子上留了一张字条，上面写着几行字：

"潇潇，实在对不起，我已向公司辞职，房子也交出去了。我无法在这个公司再干下去。我有自己的做人原则。我知道这样做，肯定会让你伤心，我无法面对你，只能独自离开。抽屉里，我留了一张银行卡，里面有15万元，你去应付装修的收尾工作。房子虽然交出去了，但装修的尾款我们还得承担，不能一走了之。暂时不要与我联系。到时我会与你联系的。永远爱你的涛涛。"

看完字条，潇潇伤心地大哭起来。眼睛哭得又红又肿。无论如何，她要找到涛涛。

她首先想到去父母那里求助。父母见女儿哭得像泪人一样，非常心疼，埋怨未来的女婿自说自话，一走了之。

可是，现在潇潇的心里只装着涛涛。她宁可不要房子，也不能失去涛涛。第二天，她出门去找了。她猜想涛涛会去哪里，自信很快会找到涛涛。

为了忘却的记忆

我与赵先生只是普通的同事，却相处了整整 8 年。如果问我对此人有什么评价，真可谓一言难尽。我对他，有过尊敬，有过鄙视，也有过怜悯和同情。每次谈到他，心里都是五味杂陈。

他是一名厂医，是从部队转业来的，身上有很多光环。由于家在偏僻的山村，他一直住在集体宿舍，不过享受的待遇要高一点，一人住一个单间。我刚进单位的时候，住在他隔壁，四人合住一间。因为是邻居，我们往来密切。有个头疼脑热的，直接找他，就可以拿到药，不必去医务室。赵先生虽然没有读过正规的大学，但临床经验丰富。那时我们几个单身汉都很年轻，身强力壮，平时从来不去医院，赵先生成了我们大家的保健医生。

单身汉相处得久了，难免会谈一些男男女女的事，兴致来了，无轨电车就刹不住。"赵医生，怎么不把你老婆接出来？你一个人熬得下去吗？""赵医生，你条件这么好，老婆肯定很漂亮，把她放在乡下，你放心吗？"赵医生也喜欢谈女人，大家嘻嘻哈哈，甚至说出一些不堪入耳的话来。不过，在我们这个小圈子里，是不会有人举报的。

有一天，我正在宿舍休息，门口进来一位年长的妇女，头上包了一块黑布巾，布巾的后面露出一个发髻，肤色黑黑的，额头上的皱纹清晰可见。她说要找赵医生。我问，你是他什么人。她说，是赵医生的家人。我让她坐一会儿，直奔医务室，气喘吁吁地告诉赵医生："快去吧，你妈妈从乡下找你来了。"

赵医生的边上，坐了不少病人。他给我一把钥匙，要我先把她安顿下来。到晚上，赵医生的房门一直紧闭着，里面的说话声模模糊糊的听不清楚。后来，隐隐地听到一个女人的抽泣声。接着，赵医生的一句话清晰地从里面传出来："哭什么！我们早就该离婚了！"我暗暗吃惊，难道那个女人是……我不敢再想下去。有同事告诉我，那个女人是赵医生乡下的老婆，前年也来过，赵先生对她很凶的。

第二天，那个女人就被赵医生赶走了。我在走廊上见到她时，她手臂上挽了一个布包，两眼红肿，低着头，匆匆地离开了厂区。

　　赵医生的老家在沂蒙山区。他18岁就结婚了。老婆当年是村里的一枝花，不过年长他3岁。婚后夫妻恩爱，生有一个女儿、一个儿子。后来，赵医生随军参加了革命，成了一名医生，转到地方后，享受行政18级的工资待遇。时间老人真会开玩笑，当年的恩爱夫妻，如今一个在天上，一个在地下。在天上的，越活越年轻，四十来岁的人，看上去只有三十出头；在地上的，被生活的重担压弯了腰，黄土地慢慢爬上了脸，四十多岁的人，看上去足有五十多岁了。

　　赵医生老家的门前，有几棵石榴树。当年结婚时，石榴花开得正红。乡邻们都说，新娘子的脸像石榴花，开得娇嫩、鲜艳。离开家乡的那一刻，老婆含着泪，依依不舍地送他。她说，不管你走得多远，走得多久，我都等你回来。可是丈夫像出了巢的小鸟，再也没有飞回来。与丈夫见面的时候，都是在梦里，醒来时，枕巾湿了一大片，那是她心酸的眼泪。

　　记不起是哪一年的端午节，厂里来了一男一女两个小孩。女孩是姐姐，十二三岁的模样，男孩是弟弟，看上去七八岁。他们是赵医生的孩子。也许是爸爸的负心，在他们幼小的心灵里留下了阴影。他们都没有叫一声爸爸。弟弟看到爸爸，怯生生的，一直低着头。姐姐虎着脸，好像要与爸爸理论什么的。他们在厂里住了两天后，与赵医生不辞而别。等赵医生回到宿舍，发现抽屉被撬开，里面500元钱不见了（他们没有多拿），床上的一条被子也不翼而飞。赵医生憋着一肚子的火，急匆匆地赶到火车站。他四处寻找，发现姐弟两人正在候车室，姐姐的手里恰好抱着那条被子。他使劲从女孩手里夺过被子。弟弟吓得哭了。周围的人纷纷围着赵医生，把他堵着，有人还说要报警。赵医生急了，大声说，这被子是我的，他们偷了我的东西。这时，小女孩蓦然站到椅子上，大声说："我们不是小偷，他是我们的爸爸。我弟弟大了，乡下被子不够用，是我从爸爸那里拿的。如果爸爸要拿回去，我们不要了。"女孩说得声泪俱下，泣不成声。赵医生终于动了恻隐之心，把被子塞在女孩的怀里，灰溜溜地走了。

　　这件事，在厂里传得沸沸扬扬。大家纷纷指责赵医生忘恩负义，不配做丈夫，不配做父亲。我对赵医生的印象也来了一个180度的大转弯。有一段时间，我几乎不再搭理他。不过，也有人在指责赵医生的同时，对他表示同情，认为这对夫妻确实不相般配，勉强凑合在一起，对双方只会带来痛苦，离婚也许是一种解脱。

　　赵医生离婚不久，交上了桃花运。一个比他年轻十八岁的漂亮姑娘爱上了他。那年正是上山下乡的高潮，姑娘害怕到乡下去，又没有工作，想找一个靠山。赵医生正是她要找的对象。有了年轻漂亮的姑娘相伴，赵医生春风得意。他变得年轻了、开朗了，笑容经常挂在脸上。很快，他们领了结婚证。厂里按条件，配给他一套住房。赵医生结婚后，调到了另一个单位工作。我们不再往来。

　　岁月易逝，人生易老。二十多年后的一天，我生病住院。与我住在同一病房的竟然是赵医生。我感叹天地太小，走到哪里，都会碰到熟人。他没有了昔日的容颜，脸色苍白，眼眶深陷，腿上包了厚厚的石膏。他说，他不小心从楼梯上摔下来，把腿骨摔断了。在闲聊中，我了解到他离厂后的生活情况：结婚不到三年，老婆找到了工作，也遇到了一位有钱的相好。他们经常在一起，对我越来越冷淡。她提出离婚，我坚决不同意，就这么拖着。她除了问我要钱，对我从来不关心。我们是名义上的夫妻，早就貌合神离。这次我从楼梯上摔下来，是邻居把我送到医院的，它一次也没有来看过我。我不怪别人，只怪自己，报应啊，报应！

　　住院期间，病房里来了一位姑娘，好像有点面熟。我记起来了，她就是当年带着弟弟来找爸爸的哪个姐姐。她大学毕业，来到这个大城市工作。虽然对爸爸有怨恨，但毕竟骨肉相连。她知道爸爸结婚后，生活并不愉快。听说爸爸住院了，匆匆赶过来。见到女儿，赵医生百感交集。问起家乡的情况，女儿告诉他，弟弟也工作了，老家已没有人，房子都空着。谈到妈妈，女儿伤心地哭了。她说，妈妈前年去世了。她心里一直念着爸爸，要我们今后去找爸爸。女儿从包里拿出一张照片，给爸爸看。那是一张爸爸当兵后一身戎装的相片，是妈妈死后从她的梳妆盒里找出来的，多少年了，妈妈一直保存着。这时，我听到一阵抽泣声，赵医生的眼里噙满泪水，我第一次看到他哭得如此伤心。

　　出院以后，赵医生回到阔别了几十年的老家。门前的石榴树还在，不过石榴花已经凋谢了。他来到妻子的墓前。那是一个黄土堆，上面的小草已经枯黄，妻子的尸骨就埋在土堆下。枯草匍匐在地，静静的，没有一点声音，那是妻子在沉默，她有很多的苦水，没有倾诉的地方。他真想扒开黄土，擦一擦妻子脸上的泪水，尝一尝妻子吞下的苦汁。他决定，死后与妻子葬在同一个黄土堆下，将来化作一对蝴蝶。从此再也不会高飞，就是飞高了、飞远了，也一定飞回来，永远不会再离开。

赵医生在我的脑海里留下了太多的记忆。写这篇文章，是为忘却，希望今后在我的脑海里，不再出现这样的记忆。

倾　诉

"姆妈，不要离开我。让我再做你的乖囡。"

"强子，你别走，快过来，我的话还没有说完呢。"

"囡囡，新年快到了，妈妈好想你。"

低矮的平房里，只有她一个人。怀里抱着一只小花猫，她叨叨地在给小花猫说话。四周很静，静得能听到一根针落地的声音。

她老了，脸上像贴着一张古树的皮，黑黑的，皱皱的，粗粗的；头发又白又疏，像枯草上下了一层霜。

她是奶奶级的人了，还经常叨念她的妈妈。妈妈离开她六十多年了。妈妈的爱，一直装在她的心里。她经常在梦里见到妈妈，偎依在妈妈的怀里。她是妈妈唯一的女儿，是妈妈的掌上明珠。她没有见到过爸爸，爸爸在她出生之前就死了。母女俩相依为命。白天，妈妈下地干活，她总是跟在后面。晚上，她搂着妈妈睡觉。虽然生活很苦，但她不觉得。有妈妈在，她很幸福。

那是一个最让她难忘的日子。妈妈要嫁人了。男方死了老婆，家里需要一个女人。妈妈实在撑不下去，养不活自己，养不活女儿，只能与这个男人在一起。男人接纳了她妈妈，但他已有三个子女，不能再接受她。妈妈走的时候，她抱着妈妈的腿不放，不让妈妈离开。但妈妈最后还是离开了。她听到了妈妈的哭声，哭得很响，很伤心，眼睛都哭肿了。妈妈说，我已经把你托付给亲戚了，他们马上会接你去的。妈妈经常会来看你，不会不管你的。

妈妈走的那一天，雨下得很大。老天好像也在哭，雨声如同哭声，雨水如同泪水。两手拦不下漂流的乌云，枯枝留不住掉落的黄叶。她望着妈妈越走越远，直到在视线中消失。她一直跪在地上，等到哭哑嗓子的时候，她被一个中年妇女领走。

领她走的是她的舅妈，一个干瘦而不见一丝笑容的女人。新家也是几间茅房，住着舅妈和表哥两人，舅舅在外地工作，一年只回家十几天。那年她十岁，表哥十二岁。他们的待遇是天上地下。一锅饭，中间是白米，四周是麦麸，白的都给表哥吃了，她吃麦麸；白天，表哥背着书包上学，她在外面干活；晚上，表哥与舅妈睡一张床，她一个人睡在吱吱作响的破竹榻上。她有一套新衣服，是舅妈领走她时穿的，舅妈一直压在箱底，没有再给她穿过。冬天，表哥穿着厚厚的棉衣，与小朋友们玩得很开心，她一个人在外面捡柴，耳朵和手都长满冻疮。舅妈还经常用手指拧她的耳朵，把冻疮都拧破了，钻心地疼。她天天想妈妈。妈妈说过，她会来看我的，不会不管我。可是，怎么没见妈妈来过？

终于在一个飘雪的冬天，她在拾柴的路上，不经意地见到了妈妈。妈妈的身影刻印在她的脑海里，她远远地就认出来了。她飞也似的奔到妈妈面前，哭着呼唤妈妈。"妈妈，带我走吧。我不要在这里。"妈妈搂着她，颤颤地摸着女儿的头发，哭得像泪人。

妈妈带着她去见舅妈，质问舅妈为什么如此对待孩子，当初说得花好稻好，说自己没有女儿，会像女儿一样对她的。现在为什么这样虐待她？自己是出于对亲戚的信任，才把女儿托付给你的。如今我女儿做牛做马，活得连童养媳都不如！妈妈越说越气，眼里几乎要喷出血来。

舅妈也不是省油的灯。她对妈妈反唇相讥，说你为了自己过好日子，连女儿都不要，是我收养了你女儿，给她饭吃。你有什么资格来教训我！

妈妈一气之下把女儿带回了新家。

男人见妈妈带了女儿一起回来，脸色非常难看，开口就说粗话，责问为什么把拖油瓶带回来。那时，她不知道拖油瓶的含义，心想，自己明明是一个人，怎么成了拖油瓶？

她满以为，到了妈妈的新家，她就不会受苦了。但妈妈的新家也不是幸福的乐园。妈妈的上面，有公公婆婆，下面还有一男两女三个孩子，加上她，负担更重了。妈妈起早贪黑，常常饥一顿饱一顿。那个男人和两位老人，都把她当作外人，她一直生活在战战兢兢之中。还好有妈妈呵护，他们也不敢过分地欺负她。后来妈妈两次怀孕，都因为是女孩，被那个男人溺死了。每当这个时候，妈妈总是很伤心，又无可奈何。哭的时候，妈妈总要搂着她，好像一放手，就要失去她那样。妈妈怀第三胎的时候，因难产死了。临死前，妈妈说不出话，眼睛睁得大大的，用颤抖的手指向女儿，断断续续地对那个男人说了一句话："我把女儿托……托付给你了……我女儿一定要……照……照顾好。"见男人点点头，妈妈放心地闭上了眼睛。

妈妈死的时候，她17岁。长得亭亭玉立，比她两个姐姐都漂亮。不到一年，她就出嫁了。

丈夫强子是个苦孩子，对她呵护有加。家里的活，他都抢着干，好吃的都留给她。她享受到从未有过的温暖。18年来，她受了太多的委屈和磨难，现在总算有了温馨的港湾。她感到满足。不久，他们有了一个可爱的儿子。

冬也匆匆，春也匆匆。转眼过了几年，强子兴致勃勃地告诉她，他要与同村的秋生到外面闯一闯，赚很多很多钱，让她过上好日子。她用疑惑的眼神看丈夫。她不让丈夫离开她。她说，她要天天与他在一起，再苦再累也愿意。丈夫说，我们的房子要翻建，我们的儿子要供他上大学，我要让你天天穿新衣服。就闯四五年，我就回来，你等着！最后，他还是走了。她依依不舍地送他到车站。此刻，就像当年母亲离开她的时候一样，哭着送别，眼睛也哭肿了。

丈夫经常写信回来，也经常给家里寄钱。她一分一厘地积攒着。这是丈夫的血汗，她要留着，等丈夫回来共享。每年春节，丈夫都要回来，这是她最幸福的日子。她偎依在丈夫的怀里，掰着指头计算：你出门已经三年了，你说最多三五年，做到后年，就不要出去了，好吗。丈夫点点头说，再做两年，肯定不出去了，回家天天陪你。她笑了，笑得很灿烂。

第五年的春节，秋生回来告诉她，强子这次不回来了，春节加班可以拿三份工资，他想加班，再说他下半年的工资老板还没有给他结清呢。他说等拿到工资回来就不走了。她听了感到无比失落。她安慰自己，就等吧，反正也等不了多少天，以后夫妻俩就可以天天在一起了。

谁知春节刚过，就传来丈夫不幸的信息。由于春节期间，工地管理松懈，脚手架上一根钢管掉下来，砸在他的背上，脊椎都砸断了。送到医院，已经奄奄一息。她赶到医院的时候，丈夫已经不能说话，两只眼睛呆呆地看着她，眼里流下了两滴露珠般的眼泪。她抱着丈夫的头放声大哭。就像当年母亲走的时候一样，她的嗓子也哭哑了。她拿着丈夫未结清的工资和赔偿金，失魂落魄地回到家里。从此，她的生活里再也没有欢乐，再也没有笑。她像一个机器人，只是机械地活动着。

她没有了眼泪，眼泪都已哭干；没有了温馨的呢喃，面对的只是冰冷的墙壁；没有了殷殷的企盼，有的只是绵绵的思念。

现在，儿子是她活下去的唯一希望。儿子的小名叫春宝，她从来不呼他小名，一直叫他囡囡。囡囡长得虎头虎脑，酷似他的爸爸。看到囡囡，犹如见到强子。她把强子积攒下来的钱和一笔赔偿金，都放在培养儿子上。儿子没有辜负她的期望，从小学到大学，成绩佼佼。毕业后，他到了一个大城市工作，结了婚，生了子。儿子把她接到城里，但住了几个月，又回来了。她不习惯于大城市的生活，且与儿媳的生活习惯差异太大，常有一些摩擦。她知趣地回到了老家。儿子很同情妈妈，经常回来看她，有时媳妇也一起来探望。

自从有了小花猫，终于有了说话和倾诉的对象。她经常把小花猫抱在怀里，睡觉也让小花猫蹲在枕边。她与小花猫有说不完的话。一会儿把小花猫当作妈妈，倾诉着深深的思念；一会把小花猫当作强子，倾诉着绵绵的情意；一会又把小花猫当作儿子，夸儿子有出息，盼儿子快回来。人老了，本来就睡不好，她常常叨叨的诉说到深夜。

小花猫很听话，一直耐心地听她诉说，不离开一步。诉说到动情处，它会喵喵地叫几声，算是交流。小花猫每叫一声，她会用枯瘦的手轻轻地抚摸它。

"妈妈！""强强！""囡囡！"

小花猫已经习惯了多种称呼，扮演了三个角色，成了一名称职的好演员。

乡村小店

我的故乡，是长江边上的一个小村子，虽说属于大上海的一角，但离市中心有几十里的路程，离小镇也有三四里路。村里人忙忙碌碌，不要说到市里逛街，去小镇也得忙里偷闲。有一年，在队长的努力下，村里开设了一家小商店。虽然只有二十多平方米的一间平房，却是难得的一家"百货公司"，日常的油盐酱醋和生活必需品都能买到。每天来杂货店的人络绎不绝。

村里的几个年轻小伙子，更是这里的常客。他们来这里，其实并不是要买什么东西，而是要看看店里的营业员芳芳，有事无事同她拉扯几句。

芳芳是店里唯一的营业员，时年二十岁，皮肤白皙，眼睛水灵，长得十分秀气。当时的姑娘时兴留小辫子，辫子的末梢扎上蝴蝶结，走动时蝴蝶结随小辫子摆动，在后背和前胸晃来晃去，小伙子的眼睛也跟着晃动。

芳芳姑娘没有读过多少书，虽说是初中毕业，实际没有识多少字。当了营业员以后，不再在农田干活，本来就白皙的皮肤，更加水嫩，不说倾国倾城，也算得上是村花了。

遇到休息日，我也会到店里去买些东西。每次去，都能看到柜台外坐着几个小伙子，有的吸烟、有的喝茶，有的与姑娘说着俏皮话。尽管姑娘不怎么搭理，但玩笑说得过分了，白嫩的脸上会出现红晕，遇到这种情况，小伙们会哈哈大笑。

我的发小荣荣也是这里的常客。那时他三十多岁，是两个孩子的父亲，长得人高马大，十分帅气。他活泼好动，特别喜欢与女人打情骂俏。芳芳不喜欢他来，他说的俏皮话比较粗俗，听了不是个味儿，又不能发火，只能忍着。我曾警告过他，不要老是往小店里跑，没有事多干一点活，小心嫂子吃醋。他尴尬一笑，我行我素。

小店白天营业，晚上关门。由于离居民区有一小段距离，天黑以后，这里出奇地静。那天早上芳芳到店里，发现情况异常，有一处墙壁被挖了一个洞，里面的烟酒少了很多。她惊得哭起来，马上报告队长。那时农村没有什么侦查手段，派出所也不会因这样的小事花费警力，只能不了了之。为了确保小店的安全，队长决定小店里必须二十四小时有人，营业员晚上要睡在店里，不得离开。芳芳是姑娘，显然不合适再做这份工作，应当换人。芳芳好不容易有这份适合自己的工作，哪里肯放手。她恳求队长，说愿意晚上睡在店里。队长看她可怜的样子，松了口，说就这样吧，你好好干下去，不过晚上要锁好门，别随便让人进来。

小店继续营业，芳芳继续留守。芳芳的父亲不太放心，常常深更半夜在小店周围巡视一遍，没有发现什么异常，就回家睡觉。有时代替女儿值夜班，让芳芳安心在家睡觉，倒也相安无事。

有一年秋天，本来是芳芳守夜的，因为有事，临时由父亲代替。三更时分，听到有凿墙壁的声音。他一骨碌起床，贴紧墙壁谛听。不一会儿传出一个女人的尖叫："你这个杀千刀的，深更半夜想偷腥啊？我与你拼了！"原来凿壁的是荣荣。芳芳父亲推门出去，举起一根棍子，对准蜷缩在墙角的荣荣打下去。荣荣的妻子一下扑倒在荣荣的身上。还好棍子只是轻轻地落在荣荣妻子的背上。她扯起丈夫落荒而逃。前前后后，没有听到荣荣说一句话，只传来荣荣妻子的哭声和骂声。因为荣荣的邪念没有得逞，队长只是上门撂下几句狠话，说下次再犯，打断你的腿，送你去坐牢。

这件事发生后，队里在小店安装了一个电话分机，说夜里只要听到有图谋不轨的声音，立即打电话。店里有了这个分机，好像有了保护神，芳芳的胆子也大了，晚上值班，再也没有人敢来骚扰。

因为村子不大，小店的经营不温不火，一直保持原有的规模。几年后，芳芳与队长的儿子结了婚。芳芳守店，队长父子负责进货。原来属于集体的小店，变成了队长一家的。自芳芳成为队长的儿媳后，那些小伙子很少到小店里闲聊。见了面，也不敢放肆地开玩笑。

20世纪80年代末，我到一个基层联系工作。那儿离我的老家不远，就顺路去看看。那个小店还在，我进去买包烟。见芳芳依然站在柜台内，笑嘻嘻地与我打招呼。芳芳胖了，小辫子已改成了短发，腰围也不像姑娘时苗条，活脱脱一个少妇的形象。小店里没有其他人，货架上的东西也不多。我问她生意怎么样，她说没有原来好。我有点奇怪，村里人口多了，生活水平高了，怎么会今不如昔呢？

原来村里的年轻人多数到市里打工了，许多日常生活用品，都直接从市里带回来，不用再到小店里买。还有那个荣荣，自从被老婆提着耳朵回家后，老实了许多，没有再到过店里。后来，他自己在镇里开了一爿店，规模比芳芳的小店大两倍。这小子脑子活络，善于交际。村上人有什么需求，他可以一家一家送货上门，价格还比小店里卖得便宜。当年对芳芳垂涎欲滴的荣荣，如今成了竞争对手。

到了20世纪90年代，村里的土地被国家征用。农民都住到了镇上的公房里，芳芳在企业的食堂里做服务员，小店自然消亡。

荣荣没有去当工人，自谋出路。他拿到一笔征地补偿款以后，扩大了店的规模，还取了一个响当当的名字："荣荣百货店"，成了镇上屈指可数的商店。我虽然不在小镇居住，但老家人有什么婚丧喜事，还会邀请我参加。碰到荣荣时，我常常跟他开玩笑："你现在是大老板，阔起来啦！"他总是摆摆手说："哪里，哪里！我怎么能与你比啊，你是大领导、大知识分子，我赤脚也追不上你！"互相吹捧一番，一笑了之。

分开的时候，我点了他一个穴："兄弟，老板做大了，不要再偷腥啊，小心再被嫂子揪耳朵"

"滚开！"说出这两个字以后，他像一个含羞的姑娘，腼腆地低下头，脸红起来。

第 2 辑　散　文

爱到深处却无缘

（根据一位朋友的口述整理）

每当夜深人静，万籁俱寂，我总要点一支烟，看着缕缕上升的烟雾，默默地寄托我的思念。娟娟，你在哪里，你还好吗？你是我一生的牵念。我们的孩子肯定已经长成英俊小伙儿，他知道还有我这样一个爸爸吗？你的脑海里，是否还留有过往岁月的记忆，是否还留有当年的甜蜜？多少次梦里，我都见到你姗姗而来，你永远是那样美丽、那样可爱。你说从今以后，你不会再离开我，生生死死与我在一起。然而当我张开双臂拥抱你的时候，你消失了。醒来的时候，我总是特别空虚，特别失望，特别惆怅。

很小的时候，我就喜欢你。与你在一起玩，这是我最大的快乐。你的所有的玩具，我们都共享；你去的每一个乐园，我都跟随；你吃的每一口美味，我都品尝。与你在一起，是我最大的快乐。每当你哆哆地唤我一声哥哥，我总是甜滋滋的。我虽然也是一个孩子，但我要尽到哥哥的责任，千方百计呵护你，不让你受到一点欺负。

慢慢长大了，我才知道，我们之间隔着大海一样的距离。你在海的彼岸，那里的天特别蓝、山特别高、树特别绿、花特别艳。我在海的此岸，只有杂乱的野草、简陋的茅屋。你是东家老板的千金，我只是你家保姆的儿子。我是跟随妈妈到你家里的。我们虽然是主仆，但关系融洽，亲密得像一家人。

你好像春天的花朵，在阳光雨露下，越开越鲜艳，越开越美丽。这朵美丽的鲜花，开在我的心里。我偷偷地爱上了你。但我知道，我不配。你在海的彼岸，我在海的此岸。我们之间的距离太遥远。能够亲近你，天天见到你，与你说说话，我已经很知足了。

然而，历史真会开玩笑。原本是富家千金的你，突然之间从云端跌落到了荒草地。你的爸爸因说了一些不合时宜的话，竟成了阶下囚，发配到了遥远的边疆；你妈妈忧郁寡欢，不治而终。你成了孤儿。妈妈临终前，把你托付给了我们，说无论如何要把你照顾好，等她爸爸回来。从此，主仆在一个屋檐下共同生活。

父母的生离死别，让你心如刀绞。"此恨绵绵无绝期"，你不知未来的路怎么走，不知道希望在哪里。在你绝望无助的时候，我们给了你温暖，抚慰了你冰凉的心。妈妈补偿了对你的母爱，我补偿了对你的亲情。每当别人骂你狗崽子，你哭着回来，我都会攥紧拳头，不顾一切地为你"报仇"。为了生活，妈妈白天去别人家做保姆，晚上，还要做些里弄的加工活。我们虽然生活清贫，但幸福着，快乐着。

娟娟，我是多么爱你。我愿意用一生来呵护你。但我始终把这份爱埋在心里。我没有太大的出息，不能给你带来多少幸福。唉，人往往总是在矛盾中生活。我是多么舍不得你离开我，但又希望你找一个如意郎君，过上幸福的生活。跟着我，你会吃苦一辈子的。为了你的前途，为了你幸福，我愿意一辈子把对你的爱，深深地埋在心里。

天上的明月是那么的柔美，那么的皎洁。都说月下老人手里牵着一根红线，能把天下的有情人牵在一起。我们的结合，是月下老人牵的线吗？记得一个寒冬的深夜，你生病了，嘴里说着胡话，叨念着"爸爸""妈妈"。我听到你还轻轻地唤着"东东、东东"的名字。我惊呆了。那不是在唤我吗！我就是东东啊！这是你第一次呼唤我的名字，过去一直是称我可可的啊。在你住院的日子里，我和妈妈轮换着陪在你身旁。你的病很快就好了。接你回家后，我忽然感到有一双纤纤的手围住我的脖子，你喃喃地倾吐了对我的爱。我埋藏多年的爱终于迸发出来了，紧紧地把你搂在怀里。我说，娟娟，你跟着我要吃苦的。你说，我愿意！就这样，月下老人的红线，把我们牵到了一起。

第二年，我们就有了一个活泼可爱的儿子。

岁月促成了我们的爱情。岁月又无情地离散了我们的爱情。儿子5岁的时候，你爸爸回来了。爱女是他唯一的牵挂。岳父对我们的结合好像并不满意。他感谢我们这些年对娟娟的照顾，但他不忍心女儿过如此清贫的生活。为了爱女的未来，他坚持要带女儿出国深造。你坚决不同意离开我，离开这个家。你爸爸使了一个缓兵之计，说先带你出国，学成归来，再求得更好的发展。我虽然不忍心你离开我，但为了你的前途，也为了我们这个家的未来，我同意了岳父的要求。临别前的一天，我们彻夜长谈。你说，不管到天涯海角，我都会回来，你等我。我说，你是我唯一的爱，就是这辈子等不到你回来，我也不会再娶。我们紧紧地相拥在一起，希望时间永远定格在这一夜。临行的时候，我和妈送到机场。你依依不舍，一步三回头。我看到你哭了。目睹一架架飞机飞上蓝天，我的心也随你而去。

你和儿子离开后，我每天都好像失落了什么东西。看到你的第一封来信，我的心都要跳出来了。你说，你正在爸爸联系的学校读英语，爸爸要让你上最好的学校。还说，离开家以后，天天在想我，经常在梦里见到我，你肯定会回来的。你说，农历每月十五，月亮高悬的时候，你会对月思念，希望我也一起赏月。以后，每当月圆，我就痴痴地抬头望月，整夜不能入眠。我好像在月亮里看到了你，你就在桂花树下，深情地看着我。

我也是一个渴望新生活的人。我要奋斗，我要赚很多很多钱，不让岳父小觑我，不让你跟着我吃苦。我带着妈，离开了我们的旧居。我不怕吃苦，只要能赚到钱，什么都肯做。我做过挖煤工、采金工，也跑过运输。我的形象正如白居易的诗歌中写的，"满面尘灰烟火色，两鬓苍苍十指黑"。我把赚到的钱一分一分地积攒起来，为我们未来的大厦奠基。后来，我投资开办了一家小公司。我终于当上了老板，尽管我的形象还是一个挖煤工。

我的工作再忙，每到十五，总要放下一切，对着月亮发呆。我知道，这时你正在想我。我们听不到彼此的声音，但能听到彼此的心音。你已经搬过几次家，我不知道怎么与你联系。我想回到旧居，看看你给我的来信，但我的工作不让我有喘息的时间，加上要照顾生活不能自理的母亲，只能耽搁下来。

我已经是知天命的年龄了。妈为我几十年来未结新欢抱憾终身。她临终前，颤颤地对我说，不要再等娟娟了，娟娟不会回来了，你还是另外找一个吧。可是，我的心已经交给了娟娟，再好的女人，都提不起我的兴趣。就是死了，我也要等娟娟回来。

那年的春节，在万家灯火的中，我回到了我们的旧居。物是人非，老家的每一件家具，都勾起了绵绵的情思。我含着满眶的泪水，拆开了你一封封来信。你已经是一家跨国公司的高级白领。儿子也创业办了一家公司，成为老板。你们有房有车，已成了外国的公民。你曾经回来过几次，但始终没有打听到我的去向。在拆最后一封信的时候，我知道你的父亲不久前死了。你要把我接到国外去，开始我们新的生活。你留下了你的手机号和居住的地址。我一下子懵住了，积压在心头多少年的思念，像决堤的水，汹涌地迸发出来。娟娟啊，我终于盼到你了。我立即拨通了你的手机。听到我的声音，你惊喜得一下子说不出话来。你说，你很想我，儿子也想我。你很快会赶回来，无论如何，你要把我带到国外去。

在旧居，我终于等到你回来。我想再一次拥抱你。可是当我伸出两臂的时候，忽然止住了。我觉得眼前的你有点陌生。你一身的香气，闪光的珠宝，华贵的服饰，让我望而却步。我害怕身上的泥土味会弄脏你。晚上，你洗完澡，见我躺在床上，一下子惊呆了："咦，你怎么不洗澡就睡了？连脚都不洗一下？"我尴尬地望着你，立即下床，冲进卫生间。等我从卫生间出来，你另外铺了一条被子。我们睡在一起，却是同床异被。记得当年离别前的晚上，我们相拥在一起，依依不舍，悄悄话怎么也说不完。现在尽管有许许多多的话要说，但再也没有肌肤相亲。我感到你是一块洁白的丝绸，我是一堆乌黑的煤屑。我不忍心在你的白绸上染上黑点。你说要把我带到国外，让我脱胎换骨地改造，过上全新的生活。可是，我已经五十多岁的人了，木已成舟，再也脱不了胎、换不了骨。一旦到了国外，我能做些什么呢？我不能过着靠别人来养的生活。我的事业在国内。

二十多年的离别，二十多年后的重逢，了却了我们的相思之苦。我知足了。我们之间仍隔着一望无际的大海。你依然在海的彼岸，我还是在海的此岸。我再努力，也到不了彼岸，也改变不了此岸。我们之间的距离太遥远，月老的红丝线再长，也无法把我们再牵到一起。

爱是没有距离的。缘却是由月老安排的。让我们都把过往的美好留作记忆，把爱永远留在心里。

父亲的眼泪

每当遥望大雁南飞，都会寄上对父亲绵绵的思念；每当远看白帆从海上驶来，恍如父亲远道而来。父亲离开我四十八年了。当年，没有与父亲作最后的道别，这是我心中永远抹不去的痛。

父亲临终前，用沙哑的声音嘱咐家人：不要让阿宝（我的小名）回来，他马上要毕业了，不要耽误了学业。我是家里的独生儿子，是他生命中唯一的希望。他是多么渴望在弥留之际见我最后一面啊，但为了我的前途，把思子之情埋在心里，留下不尽的遗憾、闭上了眼睛。

我有两个姐姐。父亲30多岁才有了我，那时，他是多么的踌躇满志、心满意足！我自小被娇惯，直至上学，也是三天打鱼两天晒网，读了一年书，大字不识几个。一天放学，父亲问我："书读得怎么样？识了多少字？"我天真地回答："我不识字，老师都给我记住了。"看我率真的样子，父母都笑出了眼泪。

父亲和祖父在市里做小生意，积累了不少钱，在家乡添置了十几亩地，盖了五间大瓦房。严家在当地也算是殷实人家。每次从城里回来，他总会站在场地上，对着瓦房默默地欣赏。

我小学毕业，跟随父亲到城里求学。一天夜里，父亲无奈地对我说："现在搞公私合营，城里的生意做不下去了，我要回乡下去。家里有十多亩地，不会吃不上饭的。今后，你就一个人在城里好好读书。钱我会给你寄来的。"看到我小小年纪，就要一个人在城里生活，他很不放心，但也十分无奈。父亲的眼里有些湿润，我反过来安慰他，说自己会照顾好自己的。

父亲回乡下后，每月给我寄生活费。我不知道这些钱是从哪里来的。假期到了，思念心切的我，匆匆回到乡下。看到父亲的脸又黑又瘦，屋里挂着一排排的鱼钩。父亲坐在小矮凳上，两手不停地磨鱼钩，肩膀一耸耸的，背脊隆起，透过黑黑的皮肤，能看到枯竹般的形状。母亲告诉我，家里的十多亩地，都成集体的了，家里人一年忙到头，根本分不到什么钱，只能放鱼钩捕鱼，赚一点零碎钱，供你读书。父亲虽然辛苦，但很满足。他通过捕鱼，能赚到供我读书的钱，感到生活充满了希望。

一天深夜，我从梦中醒来，听到客堂里传来磨钩的声音。我走出房间，发现父亲还在昏暗的油灯下磨钩。我说这么晚了，明天再磨吧。父亲说，鱼钩不磨尖，钩不到鱼，还剩最后几个了，天亮后一定要放到海里去。第二天中午，看到父亲兴冲冲地从外面回来，手里提了两条很大的鲫鱼。他扬扬自得地说，钩磨快了，就是能钩到鱼。这两条鱼换来了好几块钱。父亲高兴地计算着：再过几天，我的生活费又能凑齐了。

回到城里后，每次收到家里寄来的钱，我就仿佛看到父亲深夜里磨钩的情景，那耸起的肩膀、隆起的背脊，黑瘦的脸时时在我眼前浮现。此后，我养成了节约的习惯，舍不得乱花一分钱。

记不得是哪年哪月了，我没有收到家里寄来的生活费。我又窘迫，又担心。父亲怎么了？这个月没有捕到鱼？正当我焦虑万分的时候，母亲从乡下赶来，交给我一枚金戒指、一只铜制的茶壶和一只铜制的痰盂，让我去卖了，贴补生活费。她告诉我，父亲生病了，这个月没有去捕鱼。她还告诉我，我家房子里面的墙壁被拆掉了，堆放在家里的木料和拆下来的砖块，都被生产队拿去派其他用场了。我想，父亲也许是被气出病来的。我安慰母亲，生产队也许有难处，我们牺牲一点，就算是为集体作点贡献吧。

高中毕业后，我考取了外地的一所大学。父亲送我到火车站。我发现，父亲真的是老了。原来身强力壮的体型，变得瘦骨伶仃，脸色越来越黑，腰总是拱着。五十多岁的人，成了一个干瘪的小老头儿。临别时，他嘱咐我，好好读书吧，家里全靠你了。他一直站在车站上，直到火车离开视线。我忽然觉得，父亲好像一匹病弱的骆驼，驮着高高的一堆东西，在干旱的沙漠里行走，总是走不到尽头。

暑假里，我回到家乡，发现父亲真的病倒了。看到我回来，他非常高兴，干瘦的脸上，露出了一丝笑容。妈告诉我，父亲得的是癌症。为了供我读书，他不停地磨鱼钩，天天蹚着齐胸的海水去捕鱼。现在病得连走路的力气也没有了。我一阵心酸，眼泪怎么也禁不住，沿着脸颊滴落到地上。我对父亲说，以后再也不要去捉鱼了。

晚上，隐隐听到父亲的房间里有抽泣声。我悄悄地走过去，听到父亲在叹气："唉，我的病来得太早了，再过两年生多好，现在阿宝读书怎么办？"我走到父亲的床前，看到油灯下，父亲的眼里噙满了泪花。从小到大，我第一次看到父亲的眼泪。我哭着对父亲说："爹，你不用操心了，我可以申请助学金，不需要家里寄钱了。"父亲将信将疑地看着我，用枯瘦的手，慢慢地擦去了眼泪。

就在我大学毕业之前，我接到家里的来信，说父亲已经去世。临终前，他反复叮嘱，千万不要告诉我，千万不要让我回去。他闭眼时，眼睑上挂着两滴眼泪。那泪水，包含了多少心酸和无奈。

毕业后，我急切地来到父亲的坟前。我有许许多多的话要对父亲说，可父亲在地下，再也听不见。我告诉父亲，我回来了，回到了生我养我的城市，我没有让你丢脸。父亲的坟头，长满了小草。小草上有露水。我感到，那是父亲的眼泪。

父亲去世后，我最怕看到大男人的眼泪。每当脑子里浮现父亲的眼泪，我的心就会针刺一般的痛。我希望，我们的后辈，再也看不到这样的眼泪。

母爱，不堪承受之重

清明节，我站住母亲的墓前，久久地瞻仰母亲的遗像。我好像又回到了童年，偎依在母亲的怀里，搂着母亲的脖子撒娇。

母亲离开我三十多年了。母亲的爱，点点滴滴，挥之不去，时时铭刻在心头。每当回忆母亲对我的爱，我总有不堪承受之重。

不孝有三，无后为大。传宗接代是我国几千年的传统思想。我家几代单传。我的上面有两个姐姐，家里渴望有一个儿子。可是二姐四岁了，母亲还没有生子的迹象。祖父张罗着要给父亲娶小。母亲的郁闷可想而知。到第四年末，母亲怀孕了，娶小的事暂告段落。随着哇的一声，我降生了，喜讯传来，是一个大胖儿子，母亲的心终于放下来了。生我的时候，恰好父亲不在家，等他回来，母亲故意侧向里床，不理睬父亲，以示骄傲。父亲知道生了儿子，笑嘻嘻地掀起被子的一角，在我脸上亲了一下。家里给我取了一个小名，叫阿宝。我成了家里最受保护的"大熊猫"。

就说吃奶吧，一般婴儿，到了周岁就要断奶。妈妈要断，见我一哭，心就软了，一直断不了，直到我四周岁，蹦蹦跳跳的，还站着吃妈妈的奶。小朋友都笑我，向我刮脸，实在害羞了，才依依不舍地断了奶。

在家里，我总是一贯正确。与姐姐产生矛盾，母亲总是偏向我："他是弟弟，你们不能让着点他？"

到了上学的年龄，我赖着不去，感到读书没劲，还是玩快活。父母就让二姐陪我去读。二姐读书很用功，成绩在班上遥遥领先。我却只顾贪玩，读了一年，大字不识几个。母亲问我，你识了多少字？我不加考虑地回答说："我不识字，老师和姐姐都替我记住了！"母亲哭笑不得。不过，她一点没有责怪我的意思，相反，又是姐姐不对，说她只顾自己读书，一点不关心弟弟。有一次，我发现老师老是对着我看，然后发出感慨："你脸长得这么漂亮，怎么读书读不进去，真是聪明面孔笨肚肠！"这句话，无异于一颗重磅炸弹，震得我满脸羞红，几十年后，我还牢牢记住。从此开始，我正儿八经地读书了，成绩飞快地赶了上来。小学毕业后，我考进了市里的一所中学，二姐不再陪读，就失学了。大学毕业后，我找到了理想的工作。看到两个姐姐因为没有读书的机会，一直在家乡务农，生活比较艰苦，心里总有说不出的痛。我想，父母为什么不把对我的爱分一部分给两个姐姐，让她们像我一样，去读书，去奋斗，去创造新的生活呢？

母亲的娇惯，在我幼小的心灵中滋生了我行我素的性格。与小朋友一起玩，只考虑自己的兴趣，谁如果"欺负"我，我就找靠山，在母亲面前哭诉。母亲一听到我的哭诉，就不问我有没有错，一味地帮我说话："他还小，你们不能让着他一点吗？"其实，那些小伙伴也是孩子啊！

一天傍晚，我心血来潮，想在小朋友身上找一点乐趣，就在自家场地上挖了一个坑，浇上一坑的水，然后在坑上盖一块纸板，让小朋友不注意踩到坑里，以博得一笑。两个姐姐知道了，把我骂了一通，并把坑填了。我争不过姐姐，又奔到母亲那里哭诉。这次母亲倒没有偏向我，但也没有严厉批评，相反，对两个姐姐还有一点责怪："你们不能好好对他说吗？他还小！"

"他还小"，这是母亲百般呵护我的理由，也是唯一的、为我开脱罪责的理由。

我长大了，结婚了，母亲爱屋及乌，也很爱我的妻子。她起早摸黑，任劳任怨。有什么好吃的，总是留给我们；吃苦的事，总是抢在前面。不过在儿子和儿媳的天平上，她本能地倾向于我。媳妇干活，她一般都不插手，我一干活，她总要帮忙。星期天休息，我忙着做蜂窝煤饼。这是体力活，往往要忙半天。见我累得满头是汗，她心疼了，让我歇着，由她来干。"你工作这么忙，礼拜天也捞不到休息，还是让我干吧。"母亲年纪大了，我不愿让她干这种活，但母亲非干不可，推也推不开。

有几天，妻子胃口不好，我包揽了一些家务，还专门煮了两个糖水鸡蛋，端给妻子吃。母亲见了，好像不太高兴，嘴里咕哝起来："怎么男人服侍起女人来了。"后来传到妻子耳朵里，妻的心里老大不快。我安慰妻子，妈是老思想，不要太计较了。

母亲总是按着她的观念和天平，来表达她对后辈的爱。如果说母亲只爱儿子，不爱女儿和媳妇，那就错怪她了。她对所有的子女，都是爱得很深很深。当她看到我的生活水平远远高于两个姐姐，心态就不平衡了。她时时提醒我，姐姐现在生活没有你好，你得照顾她们一点。有一次，我看到母亲坐在窗口，独自流泪。我悄悄问，是不是儿子媳妇做得不好，让你伤心了。她摇摇头，说："我就是放心不下你姐姐，要是当初也供她们读书，就不会吃那么多苦了，姐姐读书比你聪明。怪来怪去，都怪我！"这个心结一直困惑着她。以后，母亲爱的天平明显倾向于两个姐姐。对姐姐的牵念，成了她后半辈最大的心结。其实，女孩不读书，在当时是普遍现象，也怨不得母亲。

1979 年夏天，我出差在外。临走前，我对母亲说，我这次去的地方是风景区，那里有很多土特产，我给你带一点回来。母亲说，我不要，还是给你两个姐姐买一点东西。我说好的。我走后第三天，母亲在电视上看到一则新闻，是一辆大客车翻车，死伤了十多个人。这辆大客车的行驶路线与我出差的路线一致。母亲急了，慌忙地告诉我妻子。妻子告诉她，我要到明天才回来，没有事的。但母亲还是不放心，说要是我提前回来呢？到了半夜，母亲又来敲妻子的房门，说好像下面有人敲门，会不会阿宝回来了。妻子告诉她，没有人敲门，他有钥匙，可以自己进来的。母亲把手放在耳背上，静静地听着，好长时间，都没有听到敲门声，就颤颤地回房睡了。

刚睡不久，母亲在蒙眬中似乎又听到敲门声，她一骨碌爬起来，慌忙中找不到鞋子，好容易找到，就使劲地拔鞋跟。因为用力过猛，加上弯着腰，本来就硬化的脑动脉一下破裂，就此倒地不起，离开了她一辈子牵肠挂肚的子女。

当我拎着一大包土特产，兴冲冲回到家，被眼前的一幕惊呆了：母亲躺在木板门上，屋子里一片哭声。妈再也吃不到我的土特产了。我跪在地上，轻轻地抚摸妈妈的脸颊，失声痛哭。母亲是带着焦虑离开我们的，她两眼紧闭，脸上还带着焦虑的神色。

母亲是旧时代过来的人，她对子女的爱，难免带有时代的烙印。如果说她的爱有不够完美的地方，就让那个时代去承担责任吧。

我在母亲的墓前，摆放了一些土特产，都是她曾经喜欢却来不及吃的东西。

妈妈，您还能吃到吗？希望您吃得开心，下次我还多带一些米。今天天气很好，太阳照在墓碑上，照在您的遗像上。但愿您在天堂活得温暖、活得快乐。现在我和两个姐姐都生活得很好，有车有房，生活无忧。您再也不要牵挂了，好吗？

妈妈，来世我还做您的儿子，那时，我一定不让您操心和挂心。我要让您活得放心、活得幸福。

妈妈，我们现在不能照顾您了，您照顾好自己吧。我不忍再让妈妈看到我眼泪，沉沉地回到家里，泣泪写下此文，以示对妈妈的纪念。

石库门情结

无论是行走在繁华喧闹的商业大街，还是漫步在静逸秀美的公寓小区，我常留恋住石库门的日子。尽管住的是一间小而又小的亭子间，却有我几十年不解的情结。

高中阶段，由于父亲生意的变故，回老家种地，退掉了原有的住房，留下我一人，借住在石库门里。

与北京的四合院一样，石库门是上海的特色建筑。门头由石条砌成，大门是两扇黑漆厚木。进门是天井，天井后面是客堂，客堂两边东西厢房，再后面是灶披间（厨房）。沿灶间有一架木梯子，上楼正面向阳的是主卧室，亭子间就在灶披间的上面。那个年代，有这样的房子住，已经很不错了。父亲与房子的主人关系好，我总算有了安身的地方。

我就读的中学离这里不远，大约半小时的行程。白天都在学校里，晚上为了省一点电，功课在教室里做。由于早出晚归，我与房主家人几乎不照面。我生性腼腆，不善交际，这样独来独往，没有干扰，倒也逍遥自在。

不过最让我难堪是倒马桶。那时的老式石库门房子，没有抽水马桶。每天清晨，都有倒粪工推着粪车进里弄，家家户户把马桶拎出来，倒在粪车里。洗马桶的都是家庭主妇，也有女孩子，但没有一个男的。开始我拎着马桶下去，感到周围的人都用奇异的眼光看我，令我如芒在背。人家洗马桶，都用马桶刷子里里外外反复清洗，然后晒干。我因为害羞，根本不用刷子，匆匆用水浇一下就拎上去了。为了不让人看见，我常常趁天还没有亮就拎着马桶下楼，第一个倒在粪车里，没等家庭主妇们下楼，匆匆洗一下就上楼了。时间一长，也有错失良机的时候。一天，我拎马桶下楼，粪车还没有到，就把马桶放在大门外，上楼继续睡觉。一觉醒来，见天已大亮。这时弄堂里来来往往的人肯定很多，我不想丢人现眼，打算等到晚上回来，趁弄堂里没有人的时候再洗。晚上回来，发现大门口的马桶不见了。奇怪，一个旧马桶，谁会偷跑呢？上楼一看，马桶就在房门口，洗得干干净净。这肯定是房主张妈妈为我洗的。我想敲门谢谢张妈妈，张妈妈出来了，对我说："小严，以后早晨你把马桶放在门口，我帮你倒，小伙子倒马桶，也太难为你了。"

从此以后，我再也没有倒过马桶。

一个人住，吃饭也是问题。那时，学校里只有中午供应饭，早晚是没有的。我就中午多买一份饭菜，放在晚上吃。遇到星期天，麻烦就来了。到外面吃吧，开支不起，自己烧吧，既没有地方，又没有厨具。早晨，我到马路上买几个淡馒头，再买一点酱菜，一个人关在小房间里看书，饿了，就啃几个馒头。楼下厨房间飘来油炸的香味，非常诱人，想到自己孤身一人，无人照顾，常常暗暗流泪。不过，我从未埋怨父母，他们的日子过得非常艰难，我没有理由责怪他们。我清楚地记得，在我以馒头和酱菜充饥的时候，张大妈推门进来，手里端着一大碗饭、一盆香喷喷的菜，放在我的面前。她爱怜地说："小伙子，怎么吃这个？年轻人正在长身体，营养很重要。以后礼拜天，饭和菜我给你烧！"当时，我的感激之情难以言表。

虽然离开了父母，但有张大妈的关心和呵护，我感到很温馨。

父亲回乡下后，以打鱼为生，供我读书。由于劳累过度，生了一场大病，家里一下子没有了生活来源。母亲变卖了一些金银首饰，给我生活费，但房租根本无力支付。屈指算来，我已经有三个月没有付房租了，每次见到张大妈，我都不好意思开口。张大妈在我面前，也始终没有提房租的事。星期天，当张大妈给我送菜送饭的时候，我终于开口了："大妈，我父亲生病了，家里没有钱，房租只能拖一拖，等我父亲病好了，一定付给你。"张大妈没有一点责怪，反而安慰我说："不急不急，谁家没有难处，你安心读书就是了。"父亲的病一直不见好转，我有一年多没有付房租了，张大妈也不催。直到高中毕业，我收到了大学的录取通知书。告别的时候，我满怀歉疚地对张大妈说："大妈，我父亲的病还没有好，房租至今没有缴，实在对不起，等我大学毕业，我一定把所欠的房租交清。"张大妈慈祥地摸摸我的头，说："我与你父亲是有交情的，你好好去书，父母就靠你了，你要争气。房租我免了，你不要放在心上。你把书读好了，大妈比什么都高兴。"由于父亲病重，妈妈是乡下人，从未出过远门，加上父亲需要照顾，张大妈就自告奋勇送我到火车站。火车启动的时候，我泪眼中看到张大妈向我挥手，花白的头发被风吹得竖起来。火车越开越快，我仿佛看到母亲站在车站上，目送我远去，迟迟不肯离去。

欠张大妈的房租，一直是我的心结。大学四年，我没有去过张大妈家一次。父亲在我大学毕业的前夕去世了。为了不影响我读书和毕业，他千叮万嘱，不要告诉他病危的消息，尽管他多么想见上我一面。幸运的是，我毕业后分配到上海工作。在墓前我告别了父亲，又想到了张大妈。四年不见了，不知她家近况如何。父亲生病期间，我家欠了很多债，我拿到工资后，首先想到的是先把张大妈家的房租付了。

一个星期天的上午，我来到张大妈的石库门家。走进天井，我呼叫大妈大妈，没有人应答。我再次呼叫，客堂里走出一个中年妇女，问我找谁。我说找张家妈妈。中年妇女说，他们早在几年前就搬走了。我很奇怪，张大妈在这里住几十年了，怎么说搬就搬？他们搬到哪里去了？中年妇女摇摇头，说不清楚。我问，你们什么时候搬来的？搬来的时候，有没有见到张大妈？中年妇女说，我们在三年前就搬进来了，刚来的时候见到过张大妈。听说她丈夫的加工厂倒闭了，丈夫欠了这里很多房租，变卖家产，付清房租后，搬到乡下老家去生活了。我问，张大妈老家在什么地方？中年妇女说，听说是在宁波，具体地址她没有说过。我摸摸手里的包，房租的钱还在，可是，我交给谁呢？我父亲肯定知道张大妈的老家，可是父亲死了，我还能问谁呢！

回家路上，我一直在想，原来我欠张家房租的时候，张家也欠着房东的房租，他们是变卖家产，连同我的房租一起付清的。张大妈在最困难的时候，没有催我交过房租。最后变卖家产，也没有来找过我。我好歉疚，好后悔，四年来竟没有主动与张大妈联系。

张大妈的房租，我一直保存着。家里再需要钱，这笔租金我都没有动用。即使不能交到张大妈手里，我也不打算移作他用，留给子孙做个纪念，让他们永远记住别人的好处，滴水之恩当涌泉相报。

相逢一笑泯恩仇

人的一生，总有许多恩恩怨怨。老是盘在心里，成为打不开的结，会影响自己的心情和交往。

有时通知朋友聚会，常常会听到这样的话："ｘｘ来不来？他来我就不来了。"因为两人过去有过节，虽然时隔多年，还耿耿于怀，坐不到一块儿。

鲁迅有"横眉冷对千夫指""痛打落水狗"的思想，对过去的敌人"一个也不放过"。那是在特殊情况下对敌斗争而言的。即便如此，对敌人也不能随意地"踩上一只脚，使其永世不得翻身"。我们对俘虏还有优待政策呢，何况是同学、朋友、同事和亲人？

经常听到人议论，说婆媳关系是天敌。不少姑娘，在恋爱阶段就明确表示，结婚后要与公婆分开居住。有一位老太，早年死了丈夫，辛辛苦苦把儿子培养到大学毕业，娶了媳妇，生了孙子。当她梦寐以求的天伦之乐来临时，婆媳矛盾到了水火不相容的地步。最后婆婆回到老家，独自生活。

婆媳关系不易相处。母女之间呢？也有不和谐的。有一个女儿，因为对母亲的一些做法不满，甚至误解，竟不念几十年的养育之恩，十多年不去看望母亲。母亲临终之前，想见一见女儿的愿望也难以实现。呜呼！实在令人唏嘘和悲哀。死结真的就如此难解？

同事之间评职称，因名额有限，两个人中只能评一个。于是暗中竞争。没有评上的，认为自己哪个条件都不比对方差，对方是拍马屁上去的，把对方视为眼中钉，从此朋友成为冤家，多少年后，死结都解不开。领导成员之间，因权力之争，闹得不可开交，成为对头的也不在少数。

中国有句古话，叫"有容乃大"。有了宽广、包容的心，人际关系才会和谐。

包容两字，说起来容易，做起来却很难。这里有价值观念的不同、性格的差异、权利的相背、认知的落差、品行的高下，等等。我也有过酸酸的经历。曾经过从甚密的一位同事，后来升官了。一般情况下，我是不会去找他的。人家毕竟当官了，要处理的事情很多，尽量不去麻烦人家。一次正巧路过他们单位，想上去见个面，叙叙旧。门卫打电话上去，报上我的姓名。我不知电话里面是怎么说的。门卫挂断电话后对我说，你等一等，他现在有事。我想，也许对方正在开会，或者在接待重要客人。我准备离开，反正后会有期。再一想，既然要我等一等，那就等一会儿吧。我足足等了一个多小时，终于看到一帮人向门口走来，中间一个正是我的好友。我立即迎上前去招呼。不料好友正热衷于与客人交谈，目不斜视，好像根本就没有看到我似的，转身钻进一辆黑色的轿车，一冒烟就出了大门。门卫看到我，显得很尴尬。什么都不用解释了。他不可能不知道我在等他，不可能看不到我在招呼。从今以后，你当你的官，我当我的老百姓，咱们井水不犯河水。就是穷得要饭，我也不会再去找他。要我不耿耿于怀，我做不到。

然而，世事难料。一天我在车站等车，肩上被轻轻拍了一下。回头一看，竟是"我穷得要饭也不会找他"的那位朋友。我想，他是不是要开车送我？当初我是不是错怪了他？我环顾四周，没有停着的小车。我观察朋友的气色没有过去好，便问他身体如何，工作忙不忙。他淡淡一笑："不谈了，我也算看透了，还是安安稳稳当个老百姓好。"闲谈中，我了解到，他已从位子上下来了。至于什么原因，我没有细问，反正有各种因素吧。这以后，我们见过几次面，关系也慢慢修复。我想，不管我们曾经有过多少裂痕，还是应当不计前嫌，用包容的心态去修补裂痕。

人的过错，有时是因幼稚和社会环境造成的。我曾经看好一位品学兼优的学生，推荐他留校，培养当老师。"文革"中我糊里糊涂被当作批判对象。我的这位学生，竟带头在小组会上批判我。批判会后，我单独找他谈心，向他作了一些解释，希望他能够理解。不料第二天，他又带头揭发我如何拉拢他。看来，他是决心要与我划清界限。一时间，我被批得灰溜溜的，不知何年何月有出头之日。我埋怨自己看错了人，把心术不正的人看成品学兼优。从此以后，我与他视同陌路。十多年以后，在一次老师的聚会上，我们见面了。我的心结没有解开，不想搭理他。他却主动与我握手交谈。他对过去的行为表示深深的忏悔，说自己太无知、太幼稚。十多年来，他一直想当面赔礼道歉，但没有找到机会。今天要当面向我赔不是，希望得到老师的谅解。我看他的眼眶湿润，感情十分真诚。我完全原谅了他。我认为，在那个特殊的年代，一个刚踏上工作岗位的学生，犯这样的错误，有什么不可原谅的呢？包容别人，就要包容他们曾经有过的错误和过失。

人们常说，冤家宜解不宜结。解结说难就难，说不难也不难。主要还是要有好的心态，有一颗平常的心，把不尽如人意的事看淡一些，将心比心，懂得包容，包括包容别人的缺点。

几十年过来了，经历的风风雨雨很多。我想对所有有过纠结的朋友和同事说一声，忘记过去的一切不愉快，有机会见面，相逢一笑泯恩仇，不要抱着遗憾去见上帝。

战地黄花分外香

我的新家在长江口。站在窗口，就能看到江上的轮船和波涛，是名副其实的望江楼。

从家出门，走到江堤，大约十分钟的路程。每到双休日和晚上，我都会到江堤上散散步、散散心，呼吸一下新鲜空气，享受一下生活的乐趣。

经过几年的修建，现在的江堤固若金汤。江堤分为内堤和外堤，内堤是在原有的基础上加固的；外堤是新建的，有一米多宽，容得下两个人同时躺下来睡觉。两堤中间，是开阔的滨海公园，绿树成荫，芳草萋萋，花团锦簇，小桥流水，成为游览的风景区。

今天是休息日，风和日丽，天高云淡。我提前吃了晚饭，走上江堤赏景。

前来游览和休闲的人已经很多，有开车带着一家老小来的，有情侣双双骑摩托车来的，有附近居民穿着休闲服来散步的，还有前来设摊卖玩具和小吃的。耳旁若隐若现地传来喁喁细语、切切谈心和爽朗笑声。

靠近内堤有一处儿童乐园。孩子们在家长的陪护下，滑梯、攀爬、钻洞，玩得不亦乐乎。离儿童乐园不远，有一个高出地面二十多厘米的圆形水泥墩子，上面坐着几个白发苍苍的老人。江边有很多长椅，老人为什么不去坐，而要坐到水泥墩子上呢？我跨上去，与几位老人攀谈。一位老人告诉我，这墩子下面是一个碉堡，是八一三淞沪抗战时修建的。当时这一带有很多碉堡，后来都拆除了，这是唯一保留下来的。老人说，八一三抗战，他还是一个十来岁的孩子，耳旁枪炮声呼啸而过，不绝于耳。抗日将士与登陆的日寇誓死搏斗，滩涂上都是鲜血。他父亲是在修筑碉堡时候，被日本鬼子打死的。现在，这个碉堡是唯一留下来的纪念。滩涂没有修建的时候，他与家人经常到碉堡来看看。现在碉堡埋到地下了，只露出一个顶，我还是喜欢在上面坐坐，以寄托对父亲的哀思和对抗日将士的缅怀。

走下内堤，进入宽敞的林荫大道。两旁的树高大挺拔，越向上，树枝伸得越长，隔路牵手，竟连在一起，把蓝天都挡住了，只露出几厘米的缝，透进丝丝阳光。当年谢晋元、蒋光鼐、蔡廷锴、孙元良等抗日将士，在这片土地上浴血抗战，奏响了一曲惊天动地的战歌。也许是烈士的鲜血，滋养着这片土地，使这里的树木长得如此挺拔葱郁。也可能是那些英烈化身，长成了参天大树，用挺拔的躯干，展示不屈的意志，为后人遮阳挡雨，提供丝丝的凉爽。

走过石桥，沿着弯弯曲曲的小溪，则是另一番景象。小溪两旁，是平展展的草地，草地中间是层层叠叠的花坛。有月季、山丹、美人蕉、栀子花等，一圈红，一圈白，一圈紫，五颜六色，像一张张灿烂的笑脸，甜甜地迎来送往，展示花容玉貌，让人流连忘返。花坛的顶端，用冬青修剪成"滨海公园"四个大字。

草地上有几顶帐篷，是年轻夫妇带着孩子来野营的。他们戴着白色的遮阳帽，或坐或躺，孩子则在草地爬来爬去。他们是从市中心来的，休息日就想到这里来呼吸新鲜空气。我问，晚上你们还回去吗？他们告诉我，肯定要回去，反正有车子，晚上路不堵，半小时就到家了。

不远处传来悠扬的乐曲声，是从广场那边奏响的。我兴冲冲走过去，见一群人在踏着音乐的节拍跳舞。舞者多数是中老年妇女。别看她们头发花白，有的身材肥胖，舞姿却非常轻盈柔美，如果远远从背面看上去，还以为是一群姑娘呢！广场边的树林里，有五六个戏曲爱好者在唱沪剧，什么《庵堂相会》《雷雨》《为奴隶的母亲》等，各个流派唱腔学得惟妙惟肖。我也是沪剧爱好者，小时候各种男女流派都学唱过。初中的时候，学校里都知道我会唱沪剧，曾上台唱过一曲《刘志远敲更》，博得过捧场者的好评，飘飘然自我欣赏了一会儿。现在年龄大了，上不了台面，只能站在一旁洗耳恭听。

夕阳在乐曲声中徐徐下落，天空出现了星星和月亮。我来到了公园的外堤。这是新修建的防洪大堤。大堤下面，是几十米深的斜坡，全部用石头砌筑，江面的浪潮，被乖乖地挡在外面。这条苦难深重的母亲河，咆哮的时候，曾翻江倒海，掀起阵阵巨浪，卷走过无数的良田和茅房。一到台风来临，岸边的居民胆战心惊，生死难保。台风一过，滩涂的石头缝里，经常有被海水浸泡的尸体。那些在公园里唱歌跳舞、尽情游玩的人，有几个知道它的过去，有几个了解它身上的伤疤？

站在外堤，极目远望，一艘艘巨轮满载希望，破浪向前。巨轮上，不再有洋枪洋炮，不再有星条旗、太阳旗、米字旗，岸上也不再要修筑碉堡。烈士的鲜血、中华民族挣扎的泪水，已培育出挺拔的大树、葱葱的绿地和迷人的鲜花。

长江岸边风景美，战地黄花分外香。

尊重生命，敬畏尊严

人不仅需要衣食住行，在物质上有基本保障，更要活得有尊严。一些有傲骨的人，在肉体和尊严相冲突时，选择了尊严。古代齐国，就有宁可饿死，不食嗟来之食的故事。商朝的伯夷叔齐饿死不食周粟。诗人陶渊明，也不为五斗米折腰，宁可辞官归田，不与世俗同流合污，独自过上"种豆南山下"的清闲日子。

尊重生命，敬畏尊严，这不仅是对自己要求，也应当是对待他人的要求。有的人，对自己的尊严看得很重，不允许他人有半点轻侮，但不懂得尊重他人。在"高贵者"面前，他可以曲意奉迎，在"底下人"面前，则摆出一副高傲的姿态，根本意识不到他人也有尊严。一个贵妇人在清晨遛狗的时候，让狗随意大小便，清洁工好意提醒她，她横眉怒目，竟大言不惭地说："你有什么资格说我的狗，我的狗比你值钱多了！"在这个"贵妇人"看来，清洁工不如其狗，是不值得享有尊严的。

其实尊重是相互的。你尊重别人，别人也会尊重你，文学家屠格涅夫遇见一个乞丐，他想上前施舍，乞丐感激地伸出双手。但作家翻遍口袋，却没找到一分钱，于是尴尬地握着乞丐的手说："兄弟，不好意思，我忘了带钱。"这时，乞丐非但没有责怪，反而激动得流下泪说："你能叫我兄弟，让我和您站在同一条线上，已经让我感激不尽了。"这就是尊重的力量。如果那位贵妇人，出于摆阔，丢给乞丐 100 元，目光里却露出鄙夷，我想乞丐为了生存，即使收下了那 100 元，嘴上说一声谢谢，心里也是不会感激的。

最近看了几则城管暴力执法的消息，感到不是滋味。从延安城管踩踏商户的头部，到广东女小贩遭城管掐脖，再到湖南临武瓜农遭城管用秤砣击头致死，引起社会纷纷的关注和谴责。城管怎么了？为什么暴力执法的事件屡禁不绝？原因当然可以说出一大堆，但不尊重他人生命，不敬畏他人的人格尊严，不能不说是一个重要原因。

城管执法的对象，都是一些社会弱势群体。在某些城管人员眼里，他们随意设摊、乞讨，影响市容，不讲文明，是无所谓尊严的，不需要也不值得去尊重。他们在执法的时候，态度粗暴，行为粗鲁，没收、驱赶、谩骂、动武，无所不用其极，有人戏称"鬼子进村"。就拿临武的瓜农来说，家里种了几亩地的西瓜，没有人来收购，只能自己拉车去城里卖。当许多人坐在空调房里喝茶还感到闷热的时候，瓜农为了生活，站在马路上，烈日炎炎，无遮无盖，生活之艰难，可想而知。他们也是人，是我们的兄弟，他们最起码的生存要求，应当给予理解，他们的人格尊严，应当得到尊重。但我们有些城管人员，缺乏起码的理解和尊重，没收的西瓜，连收据也不开，稍有不满，就拳脚相向，人倒地了，还说他装死。我们能这样对待一个手无寸铁、老实巴交的农民兄弟吗？能无视他们最基本的生存权利吗？

我丝毫不反对城管执法，对城管执法的合理性和必要性给予充分的理解。随着城市建设的高速发展，城镇商业的日趋繁荣，城管人员在整治城市的文明和秩序上兢兢业业、恪尽职守，做出了很大的贡献。他们的执法行为应当得到尊重，暴力抗法应当得到制止。问题是，城管在执法时，要不要让那些弱势群体有一个起码的生存环境？他们的人格尊严要不要得到起码尊重？他们的生命要不要得到起码关爱？

社会上，对师长的尊重，对专家的尊重，对地位显赫人士的尊重，这是多数人能够做到的，难的是对乞丐、小贩、残疾人等弱势群体的关爱和尊重。有些人，对自己的宠物关爱备至，看到清洁工昏倒在马路却不屑一顾；有些人，对上司恭恭敬敬，对下属颐指气使；有些人，对"上层人士"笑脸相迎，看到衣冠不整的民工就侧身掩鼻，骂他们"乡下人"。这种带着浓厚功利色彩的所谓"尊重"，不是真正的尊重，而是心灵的扭曲。

对人尊重，是不分强弱和高低贵贱的，包括对待犯人和俘虏。我军历史上就有优待俘虏、不虐待俘虏的传统，这是一种高尚的道德观念，是仁义之师取得胜利的精神力量。而美国大兵对俘虏却是百般的凌辱，甚至在尸体上小便取乐。他们凭借实力，在战场上取得了胜利，在道德上却为正义的人类所不齿。我们即使对一个犯了死罪的人，也要保证其基本的权利，如死前让他吃饱、让其与亲人见上最后一面、让其留下遗嘱，等等。有个死刑犯，临终前提出要求见亲人最后一面，监狱却没有满足他的合理要求，这是对人的基本权利的漠视，是不可取的。

有人说得好，如果生命是一座庄严的城堡，那么尊严就是支撑穹顶的梁柱；如果说生命是一片茂密的森林，那么自尊就是并肩而立的树木；如果说生命是一列奔驰的火车，那么自尊就是伸向远方的铁轨。

一个人要有尊严，一个民族要有尊严，一个国家要有尊严。尊重生命，敬畏尊严，这是社会和谐的基石，是人间和美的纽带。

身价说

我没有什么身价，按市场行情，大概估不出多少价钱。一个没有身价的人，去议论什么身价，是不是有点不自量力？非也！写豪门的，本身不一定是豪门；写皇帝的，一般都不是皇帝本人。这样一想，我就斗胆了。

身价，通常是指一个人的财富，如某某是千万身价，某某是亿万身价，等等。但也包含一个人的无形资产，如权力、名望、社会地位、知识等。无形资产带来的财富，也是不可估量的。有些握有实权的人，不用金钱投资，财富滚滚而来；一些有名望、有社会地位的人，退下来了，许多单位还竞相聘用。这就是无形资产伴随而来的身价。

无形资产，说是无形，实际也是有形的。有形和无形，只是相对而言。权力、地位、名望，对财富本身而言，是无形的，因为它们本身不是财富，不能以金钱来衡量其价格。但它们可以滋生财富、滋生金钱。有些国家的总统或者皇帝，包括女皇，哪个不是腰缠万贯？这些用权力带来的巨额财富，有时比老板的身价要高得多。难怪有些地方卖官买官，见怪不怪，因为这样做，确实能很快提升自己的身价。

人类社会，身价也有遗传的。人被分成三六九等，所谓公爵、侯爵、伯爵、子爵、男爵就是。至于老百姓，则不在其列。因此，人的血统，有高贵之分。血统高贵的人，他们的子子孙孙，都享有贵族待遇。有些场合，只有贵族血统的人才能参加，老百姓即使有钱也是进不进去的。在那等级森严的社会，血统就是可以炫耀的身价。

一个人的身价，也不能完全用金钱来衡量。有的领导干部，为官一生，两袖清风，为民造福，鞠躬尽瘁。他们的身价，体现在德高望重的品行，体现在光照日月的政绩。虽然他们个人没有多少财富，但有谁能说他们的身价低呢？多少年后，人们还是怀念他、拥护他。他们用自己的智慧和汗水建立起来的丰碑，是金钱无法衡量的，他们创造的精神财富和物质财富，如日中天，是金钱无法企及的。

身价高固然是好事，但如果被身价所累，就不好了。巴尔扎克笔下的高老头，拥有黄金万两。他最大的乐趣是，每天晚上把黄金捧在手里，默默地欣赏。他整天守着财富，舍不得用，不要说献爱心，连对自己的家人也是一毛不拔，成了名副其实的铁公鸡。为了守住这些财富，他煞费苦心，最后抱着黄金死去。高老头有不菲的身价，但被财富所累，只能成为别人嘲笑和鄙视的"吝啬鬼"。你说，高老头的身价，到底值多少钱呢？

被财富所累固然不可取，被名望和地位所累呢，同样不可取。有些位高权重的人，特别看重自己的身价。参加什么会议，他们最关注排位。如果主办方安排的座次与他的身份不相符，就会耿耿于怀，本来要发言的，就推说没有准备，不讲了；本来要参加宴请的，推说另有安排，不能出席了。碰到这种情况，主办方很尴尬，负责接待的同志既无奈又要挨批评。他们向我叹苦经：开会最头疼的不是准备发言内容，而是排座位。邀请的大领导越多，排座次越难。他们的甜酸苦辣，我完全理解。还有一些领导，退下来了，被原来的下属单位聘用。地位变了，但还是把自己看作局长、书记，不肯放下架子，大事不能做，小事不愿做，把身价换作"顾问"之类的虚拟头衔，心安理得地拿着与自己身价相匹配的薪酬。一旦遭人非议，就愤而不平。你说，活得累不累啊！

有句古话，叫一阔脸就变。说的是一个人的地位和财富变了，原来的形象随之变化，变得不认得了。这类情况是不胜枚举的。陈世美当了驸马，不认前妻，这种例子就不去说他了。现实生活中，一阔脸就变的情况也比比皆是。一个演员，在演跑龙套角色时，谦虚谨慎，待人和气；一旦出了名，就目中无人，处处耍大牌，稍不如意，就给你颜色看。一个干部，在当老百姓时，为人低调，亲和力很强；一旦升了官，眼睛就长到上面去了，对一些原来的好朋友，如没有利用价值，就不理不睬，甚至视同陌路。一个商人，在摆弄堂小摊时，低三下四；一旦发了大财，就处处摆阔，处处显摆，那些穷亲戚和穷朋友，根本不在他的眼里。听朋友说起一个老板，发了大财后，穷亲戚因母亲生病住院，向他借一点钱，他竟拒而不见。穷亲戚发誓，今后，就是病死饿死，也不会再来求他。呜呼，身价对有些人来说，竟成为一种招怨的包袱，成了挥之不去的魔鬼。

人人都关注自己的身价，都希望提升身价。但应当不以"价"高而喜，不以"价"低而悲，努力用知识、用才能、用诚信、用智慧去积累财富，在创造社会文明的同时，提升自己的身价。

人啊人

他是我的得意门生，当年我竭力推荐他留校当后备老师。他也是罗织我罪名的揭发者，因为只有他掌握我的秘密。他更是我的好朋友，在我人生的关键时刻，与我结为知己。

人啊人，活着都要走路。地上的路太多，哪条路上都有风景。有的把人迷惑，引向歧途。只有走得久了，回头看看，才知道自己应当怎样走路、走什么样的路。

他叫方舟，不仅人长得帅气，成绩也是班里的佼佼者。大凡老师都喜欢听话、聪明好学的学生。我也不例外。毕业的时候，学校要求挑选几个品学兼优的学生留校，培养当老师。我首先推荐他。学校经过考察，同意了我的推荐，并要求由我来带教。

其实，我也是初出校门的青年，与他只相差五六岁，同他走在一起，常常分不清谁是哥谁是弟。但我毕竟是老师。他对我很亲热，又不乏尊敬。我们住在一个寝室，同出同进，无话不谈，亲密得像一个人。

我把我珍藏的书，古典的、外国的、近代的、现代的，毫无保留地借给他看；我对书里的、社会上的林林总总，坦诚地、敞开地与他交流看法。他有较好的文化素养，我们谈得很投机，成为知己。

命运对我来说，可谓一帆风顺。校长好像对我特别青睐，特别器重。进校不到一年，就提为教研组长，还把我树为先进典型，甚至有心培养我入党。年轻而不知天高地厚的我，一时有点飘飘然。

有句话，叫祸兮福所倚，福兮祸所伏。正当我踌躇满志的时候，一场政治风暴无情地卷来。那个威风凛凛、行政13级的老校长一夜之间成了叛徒、特务，可怜我这个懵懵懂懂、初出茅庐的小伙子，也一下子成了叛徒特务的走卒和黑旗子。

我的知己方舟，不得不对我重新审视。看人的角度一变，什么都变了。一个特务的黑线人物，一言一行都成了别有用心。原来的关心，变成了拉拢；原来的坦诚，变成了暴露；原来的借书助读，变成了封资修的腐蚀。他不敢再与我接触，生怕成为爪牙的爪牙。他摇身一变，反戈一击。我怎么解释都没有用。所谓"知人知面不知心"，他是这么看我的，反之，我也这么看他。我后悔，怎么会推荐这样的人留校，怎么会与这样的人结为知己？

不过，我毕竟是个小青年，参加工作不久，历史清白，没有前科。查查我的档案，几乎都是优良记录。加上我这个小小的教研组长，算不上是什么

"官"，排不上走资派的行列。暴风雨中，我终于躲过了一劫。不过留在心里的阴影，怎么也挥之不去。

风雨过后，我们各奔东西。我进入了政府机关工作，他也离开了原来的单位。至于去了哪里，我没有打听，也无意去打听。在一次老同事聚会的场合，我们又见面了。我与所有的同事，都握手打招呼，但有意回避他。他笑着看我。我看得出，他很想与我握手，但见我心不在焉的样子，伸出的手又尴尬地缩了回去。

倒不是我记仇，心胸狭窄。主要是心头的阴影太深。我不是政治家，可以在台面上与敌人握手言欢。我装不出来。

聚会散后，我独自回家。刚迈出几步，听到身后有脚步声，回头一看，正是方舟。他轻轻地说了一声："老师，你还能原谅我吗？学生向你请罪了！"这时的方舟，满脸的虔诚。我看到，他的眼里挂着泪花。

人的感情真的很奇怪。有时说一万句话都不能释怀，我却被对方的一句话、一滴泪感化了。阴影挤压在心里时，很厚、很浓，一旦释放出来，一阵风就吹得烟消云散。我们的手又紧紧地握在一起。

当年，我们都是初出茅庐的小青年，他比我还年轻。在那个年代里，我就没有错误？我不是也贴过他人的大字报，认为自己很革命？我向人家道歉过吗？难道我不能对一个学生的失误网开一面？他能当面向我道歉，境界远高于我。我为自己在聚会上的不礼貌行为感到深深的内疚。

不久，组织部门对我进行考察。这当然是一件好事。他们要多方面听取意见，当然还要听听曾经反对过我的人的意见。方舟自然是他们听取意见的对象。方舟究竟向考察组人员说了什么，我不清楚，但我知道，组织上对我的考察结论是圆满的。

方舟凭着他的聪明才智，事业一帆风顺，当了一家事业单位的中层领导。一个春暖花开的日子，他约我小聚。推杯换盏之际，他向我倾吐了一番肺腑之言：

人生就像雨中行路。打伞是为了保护自己，不能把雨伞给予他人，可以与人合伞同行，不能为了自己不淋雨，把他人推向雨中。

我也谈了自己的人生感悟：

雨满天都是，伞只有小小的一把，淋到雨的，不要去计较只有一把小伞的人。雨总有停的时候，人生的路好长好长。不管晴天雨天，不管是否走在同一条路上，心诚，可把弯路走直；不诚，可把直路走弯。

梧桐更兼细雨

在闹市区，有一条著名的林荫大道，两边都是高大的法国梧桐，枝枝叶叶，空中交叉，形成一个弧度。一到夏天，烈日炎炎，但马路上几乎透不进阳光。行人不用戴遮阳帽，不用撑遮阳伞。一路逛逛琳琅满目的商场、看看来去匆匆的行人，总有赏心悦目的感觉。

我与骁骁的第一次推心置腹，就在梧桐树下。我们差不多同一年进机关，安排在相邻的处室，经常一起下基层，一起整理材料。但在机关里，我们只谈工作，不谈心，谨小慎微，唯恐无事生非。我们相处几年，都不知道对方的家庭，不了解对方的思想。这天我们走访基层回来，刚好乘车到林荫大道下来，被这里的环境吸引住了，不想再挤车，就在林荫道上散散步，也乘机放松一下筋骨。

我们边走边谈。也许他觉得我这个人没有坏心，不会出卖朋友，首次对我敞开心扉。他说他老家在乡下，父母都已故世，老婆在一家宾馆做服务员，因为接触高层次的人比较多，常常嫌丈夫不会做人，至今升不了官。谈得投机了，他竟然口无遮拦，把机关头头"三常委"狠批了一通。

大家可能不知道"三常委"是什么意思。他是我们的负责人，兼任党委、革委会、工会三个领导机构的常委。能够兼任三个部门的常委，称得上是"大官"了。可他是一个泥瓦工，连初中都没有毕业！

林荫道上，我第一次听到骁骁难以掩饰的不平："一当领导，就不知天高地厚，不知自己几斤几两了。我们写的讲稿，他每次都要修改，好像不修改显示不了他的身份和水平。改得好也就罢了，却改得狗屁不通，上下句子根本不连贯，读都读不下去。他改的地方，我们还不能动，打印出来，人家还以为我们水平这么差，前言不搭后语，不如小学生的作文。"我说，他是领导，他想怎么改就怎么改，反正是他发言。

其实，我对"三常委"也没有好感，但从未在人前背后流露过，不料一向守口如瓶的骁骁竟如此大胆说出自己的不满，可见他对我的信赖。

说来也凑巧，接下来发生的事真有讽刺意味。一天我来到骁骁的办公室，恰巧"三常委"也在。我看到骁骁拿着一沓稿子，用赞赏的口气说："领导，你改的地方我都看了，改得好，你是站得高看得远啊！"

由于骁骁太专注，口中滔滔不绝地说着一些溢美之词。发现我进来，他立即住口，脸上出现一丝尴尬。我理解，也许骁骁有他的苦衷，不得已说了一些违心的话。

那年秋天，骁骁第二次约我在梧桐树下散步。天气有点寒意，梧桐树的叶子开始掉落。风一吹，树上不时地飘下一些黄叶，落在地上的还会飞起来，在鞋子和裤管上乱窜。

这次，骁骁的神情有点怪异。他不主动告诉我什么，只是一个劲儿地问我：最近闻到什么味道吗？我说，没有啊，什么味道？他肯定掌握什么大秘密，但始终不说出来。很长时间，两人默默无言，只有梧桐树的枝叶，在风中瑟瑟作响。

几天后，真相大白。中国的航船驶向了一个全新的航道。我与骁骁也进入了不同的人生轨迹。

我与骁骁原来都在机关核心部门工作。新领导本着打破旧机器、吐故纳新的精神，对机关人员作了大幅度的调整。大部分人被精减出了机关。我还算幸运，被安排到一个无实权的处室。倒是骁骁走运，不仅没有下去，还被提拔为组织部门的副处长。

人生本来是个万花筒，升升贬贬都很正常。骁骁是我的知心朋友，他当领导，对我没有什么不好，以后有什么事，找找他也方便。

我们的处室在同一个楼面，抬头不见低头见。不过我很知趣，从没有主动找过他。偶然在走廊上碰见，他身边有人，我不会主动上前打招呼。不过有一次，我确实有点生气。他路过我们处室的门口。我正好在门外，就主动上前打招呼。他却没有正面看我一眼，就匆匆过去了。走廊本来就不大，他会听不见？我又不是异己分子，招呼一下，有什么关系？不过我还是原谅了他。也许他正在思考什么问题，精力过于集中，没有听到我的招呼。以后，类似的情况又出现过两次，他对我都是视同陌路。遭遇这种冷遇的远不止我一个。我这才知道，他是存心疏远我。我是一个有很强自尊的人，最讨厌一阔脸就变的小人。既然他瞧不起我，我为什么要巴结他？从此以后，他走他的阳关道，我走我的独木桥，大家井水不犯河水！

不久，随着知识分子政策的落实，我被安排到一个基层单位主持工作，就此离开了机关，与骁骁也断了音信。

冬天到了，离春节不到一个月，天气出奇地冷，棉衣裹在身上，寒风也会刺入骨髓。那天我在林荫道上候车。说是林荫道，实际上已经没有林荫。梧桐树的叶子都掉了，枝头残留的几片叶子，都已焦黄，在寒风中颤抖着，随时会掉下来。车站上，我隐隐看到一个人，好像很面熟。仔细辨认，那不是骁骁吗？他怎么变成这样：身躯蜷曲，脸色枯黄，头发很乱，双眼无神。我基于过去的教训，没有主动与他招呼。正好有一辆公交车进站，我挤着上车。不料前脚还没有踏上车门，左肩被人重重地拍了一下。回头一看，拍我的正是骁骁。

于是，我们在梧桐树下又聊起来。骁骁已经在一年前被免职了。

骁骁在聊到自身遭遇时，愤愤不平之情溢于言表！他说话的时候，一枚梧桐叶在风中打了几个旋子，正好落在他的手上，他紧紧地攥在手里，捏个粉碎。我们聊了一个多小时，我不时地安慰他几句，就匆匆上了车。

又一年的晚春，梧桐树长出了新的叶子，马路成了名副其实的林荫大道。梅雨季节，雨水滴滴不断，梧桐树下，时不时地有水滴下来。似乎在诉说着什么。

我在车站的雨棚下，遇到一位原机关的老同事，他告诉我一个不幸的消息，骁骁死了。

我大吃一惊，他年纪不大，怎么会死的？朋友告诉我，是得癌症死的。自从被免职以后，老婆与他闹得很厉害，要与他离婚。他一直郁郁寡欢，后来得了癌症。

一个鲜活的生命，就这样结束了。

看着头顶的梧桐，听着梧桐树枝叶间滴滴的雨声，我忽然想到词人李清照"梧桐更兼细雨，到黄昏点点滴滴"的词句。李清照是因为失去丈夫，形影孤单，发出"寻寻觅觅，冷冷清清，凄凄惨惨戚戚"的悲情。但李清照也不是一味地消沉，而是用优美的词，创造了人生的另一个高度。而骁骁呢，难道就因为升官不成，就自暴自弃、一蹶不振、潦倒终生？人的一生就这么脆弱，这么不堪一击？

梧桐树绿了又枯，枯了又绿。它顽强地按自然规律生长。寒风中，所有的叶子都落下了，生命还在顽强地积蓄。它不因落叶而伤悲，不因叶茂而孤傲，不因寒冬而萎缩，不因春暖而懈怠。我走着走着，好像走进了梧桐的世界，不知不觉中似乎也站成了一枝梧桐。

我的谜团

（这是一个真实的故事，我作了文字和细节上的加工。为了叙述方便，我用了第一人称，文中的"我"不是作者本人。）

倩倩的身上，总有一些猜不透的谜。我是她的班主任，对班里每个同学的学习和家庭情况如数家珍，却唯独对倩倩的情况说不准。她是班级的花圃里最不起眼的一朵花。

我们这个班，是学校的重点班，师资配备最强。因此，班上大户人家的子女特别多。相处一段时间后，不用打听，也不用查档案，谁的父亲是干什么的就一清二楚。每到召开家长会，校园里停放的车特别多，车上下来的家长，都是闪亮登场，子女也引以为荣。倩倩的家，则是寻常百姓。父亲是一名驾驶员，母亲在家待业。家长会都是母亲参加的。她每次都骑一辆半旧的自行车，衣着很普通。她即使来得早，也坐在最后边。由于倩倩成绩优秀，家长会上，老师都要表扬她。每到这个时候，倩倩妈妈总流露一丝满足。

本来，家庭条件有好有差，这很正常，用不着多去评论。但不久前班里发生的一件事，却引起了我的思考。与倩倩关系密切的小芳，患了白血病，医院为她找到了配对的造血干细胞，但需要一笔巨额的医疗费。小芳的父母都是普通工人，根本拿不出这么多钱。为帮助小芳，我在班里发动募捐。大家纷纷献爱心。有的 50 元，有的 100 元。父亲是老板的瑶瑶，出于爱心，也出于好胜，一下捐了 1000 元。我出了一张爱心榜，按捐献数目的多少排名，瑶瑶名列第一。班里共有 50 名同学，49 个都捐了钱，唯独倩倩榜上无名。我知道，倩倩是一个好学生。她没有捐钱，肯定有难处。为了不让一部分同学有思想压力，我在班上强调，捐款不论多少，量力而行。我又悄悄拿出 50 元，以倩倩的名义写在爱心榜上。

爱心榜刚贴出去，倩倩就来找我，说老师弄错了，她没有捐钱。说着拿出 50 元，要求补缴。我把钱还给她，说老师已经给她缴了。倩倩坚决把钱塞到我手里，转身就走。

一张沉甸甸的 50 元人民币，上面还留有倩倩的体温。我的好心反而增加了倩倩的压力，我很后悔。但这 50 元人民币肯定不能还给她，那样会更加弄巧成拙。几天后，我决定对倩倩做一次家访，顺便找一个理由，暗暗把钱退了。

几天后，我按学生名册上的地址，走访了倩倩的家。来到小区的大门口，我不敢进去。几个门卫，服装整齐，精神饱满，车辆进出，指挥有序。小区的中央，是一个偌大的喷水池，喷出的水柱有十几米高。道路两旁，绿树成荫。几栋高楼就建在黄浦江畔，是名副其实的望江楼。这是一个高档的住宅区，按当时的价格，每平方米不会低于 10 万元。我想，我是不是把地址弄错了。按倩倩家的情况，怎么可能住在这样的高档小区呢？我拿出手机，给倩倩家里打电话，可没有人接。我再核对一下地址，没有错，她家就在这个小区，住在 3 号楼 1801 室。我不想无功而返，既然来了，就去探探虚实，看看究竟是怎么回事。我与门卫招呼后，就直奔 3 号楼。进入电梯，我按了 18，电梯没有动，再按，还是不启动。是电梯坏了？这时大楼门卫走过来，问我到哪里去，找谁。我说到 18 楼。他问我事先联系过没有，我说没有。为了避免门卫的误解，我自报家门，说自己是倩倩的老师，是来家访的。门卫看看我，一个文质彬彬的女同志，气质不俗，就拿起门房的电话，与楼主招呼。电话挂断后，他招呼我，说可以上去了。固然，我没有再按号码，电梯就启动了，直达 18 楼停下。

迎接我的是倩倩的妈妈，她参加过几次家长会，我认识。她把我引进家里。进门是一个大约有 60 平方米的客厅。客厅正面墙上，挂着两屏书法条幅，一边是毛泽东的《咏梅》，一边是陆游的《咏梅》。橱窗里，摆放着一件件雕刻精致的玉器，还有一个水晶模样的镜框，上面刻着"不屑趾高气扬，时时诚惶诚恐"。

倩倩妈妈给我倒了一杯茶。我问倩倩在不在家，她说，去看同学了，还没有回来。我就在她的家转了一圈。这是一个有 5 个套间组合成的大套间，面积不少于 700 平方米。里面有活动室、健身房、书房、大小客厅、储藏室。有一间是玉器展示室，各种玉器琳琅满目。其中一件是两米高的九龙玉雕，玉身晶莹剔透。据我初步估计，价值不下几亿元。我不由怀疑，倩倩的父亲是普通驾驶员吗？不要说驾驶员，就是老板，也是一个有实力、资产雄厚的大老板。

我问倩倩妈妈，这是你们自己的家吗？刚出口，我感到问得太唐突，有点失礼。但一言既出，收不回来了。倩倩妈回答说："是的，我们在这里已经住三年了。"

倩倩没有回来，她爸爸也没有回来。我摸了一下口袋，倩倩交给我的 50 元捐款还在，我没有拿出来，好像有一只无形的手在钳制我，不让我拿。想想也是，他家这么有钱，捐 50 元算什么？小芳与她关系这么好，再多捐一点也是应该的。想到这里，心里有说不出的滋味。本来想与倩倩妈多聊聊，而且我是一个很会交际的人。但不知怎么搞的，我好像没有什么话说了。我介绍了倩倩的学习情况，又寒暄了一回，就起身告辞了。

回家路上，我的脑子里出现层层谜团。我讨厌穷人摆阔，也看不惯富人装穷。倩倩家这么有钱，为什么要装穷？父亲明明是大老板，为什么说是驾驶员？最好的同学生病住院，为什么捐 50 元都不那么爽气？我似乎明白了，富人所以装穷，是因为钱太多了，怕人算计，怕人借钱，怕被人绑架，怕人家要他赞助，怕劫富济贫，怕……反正，富人怕的地方比穷人还要多。

小芳住院好些日子了，不知钱款凑齐了没有，手术做得怎么样。我决定去看看。走进病房，看到倩倩和小芳的父亲也在。问起小芳的情况，小芳父亲说："谢谢你了姚老师，这次多亏了你们帮助，救了我女儿一条命啊！"我问他经济上还有什么困难。他说没有了，都解决了。问他手术花了多少钱，他说 20 多万元。我听了一愣，我们只捐了 2 万多元，还有大笔钱是怎么解决的？凭小芳父亲的关系，恐怕一下子也借不到怎么多钱的。小芳父亲的话终于解开了我的谜。原来小芳住院后，倩倩天天求爸爸资助，拉着爸爸去医院看望小芳。爸爸经过了解，知道小芳是一个品学兼优的女孩，他们家只有这么一个孩子，耽误不起啊！他终于决定承担小芳的全部医疗费。但他反复强调，这事千万不要宣传，尤其不要让学校知道。

原来如此，我似乎解开了谜底！

但对于倩倩的爸爸，我仍然觉得是一个谜。他究竟是一个什么样的人？他这么有钱，为什么要装穷？现在普通人家进出都是小车，他夫人来开家长会，怎么还骑一辆半旧的自行车？倩倩的身上，怎么一点看不出是大户人家出身？他是怎么教育孩子的？孩子不会埋怨父亲太抠？我带着一连串疑问，又一次拜访了倩倩的家，拜访了倩倩的父亲。

这是一个有学者风度的老板，戴一副无边的眼镜。他个子不高，脸型微胖，有点福相。我是个直性子的人，几句客套话一说，就直奔主题，把我心头的疑问一股脑儿的提了出来。他始终面带微笑，回答了我的问题。我想把他的话，作为这篇文章的结束语：

我不是装穷。事实上也不需要装穷，没有人来找我麻烦。我只是想让我的孩子做一个普通人，不要以为爸爸有钱，就趾高气扬、处处摆阔，看不起普通人家的孩子。一个人有没有出息，有没有前途，不是靠父母，而是要靠自己去奋斗。社会上拼爹的人，不学无术、无法无天的太多了。我不希望子女把爸爸的地位挂在嘴上，用爸爸的地位来抬高自己，只希望她永远做一个普通人。

淮上名胜茅仙洞

20世纪60年代初，我曾在合肥读书，大学毕业后被分配到上海工作。与同学们分别已近半个世纪，近日和部分同学重逢于淮南，激动不已。

春日的一个上午，我们一行从淮南市区出发，乘专车前往茅仙洞。这是这次聚会计划游览的第一个景点。这些年，我游览过许多名山秀水，对游览茅仙洞，原先我真的没有太多奢望。但能够和同学们一起前往，我还是兴致勃勃。

路过八公山，我知道当年淮南王刘安不就是在这里炼丹，而后升天的吗？这里还曾是淝水之战的战场，可是如今处处宁静优雅，"风声鹤唳，草木皆兵"的场景已不见踪影……我正沉浸在淮南同学给我讲述的故事之中，忽然我们专车拐上了一条岔道，开始向一座山岭爬行，大约20分钟左右，我们便见到了额悬"茅仙古洞"木匾的牌楼，进入茅仙洞景区。

原来，这茅仙洞景区位于山巅，古洞及洞前长廊连同长廊上的亭阁殿堂，铜钟铁炉，石刻碑文和古柏、宋梅等千年遗物，均在悬崖峭壁之上，只因我们是从山的背后上来，所以一点也没有察觉。步入长廊，立于洞前，仰望仙洞，如在头顶。拾级攀登，大约五六层楼高方达洞顶。洞内供奉着如真人一般大小的三尊神像，即仙人茅盈、茅固、茅忠三兄弟。据史书记载，公元前 32 年至前 28 年（西汉成帝年间），陕西邠州人茅盈，"少秉异操，独味清虚"，年十八即弃家修道，云游至此"仙宅"，又见此处面淮，悬崖峭壁之上有天然巨石，形势险要，周围林海茫茫，人迹罕至，便在此栖身修道。后来，其弟茅固、茅忠毅然弃官，亦来此处隐居修炼。从此，这里便成了淮上名胜。两千多年来，香火不断，文人墨客至此游览，描绘山川，歌颂仙道者络绎不绝。今日我等亦来此一游，不亦乐乎！

我们从仙洞下来，在长廊上浏览，只见亭阁耸霄，飞檐展翅，雕梁画栋，殿庑典雅，犹如山林精舍。凭栏俯视，长淮如练，由南向北，从崖底绕山而去，看起来不过三五十米宽，一打听才知道，河面实际宽达 300 多米（雨季达五六百米）。可见峭壁之高，悬崖之险。极目远眺，河的对岸，是一望无际的平原，绿油油的麦苗，生意盎然，一派山水美景尽收眼底，令人心旷神怡。据我所知，安徽皖南地区，山川秀美，许多地方风景如画。不承想，皖中北地区，这淮河沿岸竟也有如此美景。之前，听淮南同学介绍，半信半疑，现在身临其境，方知同学之言毫不夸张，这茅仙古洞确实值得一游。

我们在仙洞之前流连忘返。同学们或集中或分散，不停地拍照留念。就在我们准备离开之时，忽有一家电视台记者"盯"上了我们，匆匆上前，说我们这一群体都是白发苍苍的老者，与众不同，难得一见，要求采访，说着就把镜头对着我，将话筒递到我的手上，要我发表观感。我毫无准备，又不好拒绝，只能勉强"应付"。不过"风景独特优美，出乎意料，不虚此行"云云，倒完全是实话实说。

告别茅仙古洞，我们下山到八公山区一家餐馆品尝闻名遐迩的"八公山豆腐宴"。大家欢声笑语，情意浓浓。茅仙洞真美，豆腐宴亦佳。而我们这些年逾古稀之人在这仙山聚会，不也是一道亮丽的风景吗？

反　思

凤儿是爸妈的骄傲。从小学起，她就是一个品学兼优的学生。每次看到她的成绩单和老师的评语，父母都是笑嘻嘻的，感到脸上有光。她获得的奖状厚厚的一大叠，父母都珍藏着。这是孩子的光荣，也是家庭的荣耀。

母亲经常在父亲面前表功，说孩子的成绩单里，有着自己的一份辛劳。十多年来，孩子参加过多少补习班、兴趣班、培训班，她都要在门外相伴和等候；孩子每天作业做到深夜，她都要准备精美的点心；书店的每一个角落，她都跑遍了，花钱购买参考书籍从不吝啬，把书架塞得满满的。

其实，父亲的功劳也不容抹杀。他是学校的常客，与凤儿的每一届班主任都混得很熟。凤儿在学校一举一动，他都了如指掌。记得女儿在读高二时，班主任向他反映，说孩子最近与班里的一个男生很亲近，关系好像非同一般。听到这个消息，犹如晴天霹雳。他忧心如焚，每天孩子放学，他都要守在校门口，接她回家。他是女儿这条航船的舵手。不管风吹浪打，大雾弥漫，航船没有偏离过方向。

现在女儿大学毕业了。好像一朵美丽的鲜花，在园丁的栽培下，修成了正果。当她手捧鲜红的毕业证书，踏进家门的时候，母亲张开双手，给了一个深深的拥抱。父亲接过她的行李，脸上浅浅的皱纹，像绽放的菊花，湿润的眼眶，是荷尖的露水。高中时的班主任老师，登门祝贺。老师说，你们的女儿这么优秀，肯定有出息。

他们对女儿就业的要求很高。女儿是名牌大学毕业的，身上的光环很多。职业应当体面一点，待遇不能太低，还要有发展的空间。招聘会参加了无数次，但都是满怀希望出门，抱着失望回家。

在蒙蒙的细雨下，母女俩撑着一把雨伞回家。一路上，他们默默无语。母亲的鼓励，激不起女儿的憧憬。今天的招聘会，女儿又落空了。那是一家著名的大公司，工作和待遇都是那么的诱人。女儿递上精心制作的简历，等待考官的提问。考官提的问题，都是她事前没有准备过的，如果让她做一道有难度的数学题，也许难不住她，可这些题目，她从来没有学过，不知怎么回答能让考官满意。越是心急，越是语无伦次。她脸色通红，额头上冒出了汗珠。显然，考官对她的面试很不满意。

女儿坐在书桌前，紧锁双眉。招聘的失意，使她丧失信心，她不知如何面对未来。父母也许比女儿更着急。他们请来高中时的班主任，帮助女儿一起分析。老师说，你参加招聘会好多次了，应当知道考官会提什么问题。面试不是学校考试，你要收集各个考官的问题，作好充分准备。考官的问题难道比高考的试题还难吗？凤儿目光呆滞。她摇摇头，说每次考官提的问题都不同，也没有标准答案，怎么准备？父母似乎有点义愤填膺，他们对考官表露出极大的不满，认为他们有意刁难。"我女儿的简历和成绩明摆着，哪里不符合条件？"

父母和老师都要凤儿好好反思，吸取教训。她睁着一对迷茫的眼睛，不知如何反思和反思什么。

哭 邻

我们与周先生是紧挨的邻居。他的家显得很寒酸，只有三间简陋的茅草房。周家祖籍在这里，但祖上已经没有人了。他们一家四口是不久前从市里搬来的。至于为什么大城市不住，偏要搬到乡下茅草房来，我就不清楚了。周夫人长得很年轻，很漂亮。不管穿什么衣服，总不失城市女性的风韵。他们有一个儿子、一个女儿，读初中了，都比乡下的孩子活泼、大气，很懂礼貌，讨人喜欢。

假期里我一回到乡下，就成了他家的常客。听说周先生是一个大知识分子，除了文章写得好，还会一口流利的英语。我喜欢舞文弄墨，经常把写的作文交给他看。听到他表扬，就喜滋滋的。其实我心里清楚，有些文章，我自己也不满意。他总是先表扬几句，再指出不足在哪里，我听了很舒服，挺服气。

周夫人是大家闺秀，脸色又白又嫩。我好奇怪，她的脸，太阳怎么晒不黑。我真羡慕周先生，娶了这么漂亮的妻子，生了这么聪明伶俐的儿女。所谓"茅屋里飞出金凤凰"，这句话用在周先生的家，再恰当不过了。

我们家乡有一排枫树，一到秋天，树叶成咖啡的颜色，看上去很美。我在外面读书，想家了，眼前就浮现出一排枫树。我的每一本笔记本里，都夹着枫叶。我写过一首枫叶颂的诗，寄给周先生看。周先生回信说："情真意切，欣赏！"为此，我高兴了好几天。

自此以后，我特别盼望假期。到时，我又能看到门前一长排的枫树，欣赏到美丽的枫叶，接受亲人的呵护，还能与周老师谈诗论文。

暑假的生活总是那么地轻松、自在和快乐。

可是，生活不是作诗，没有那么多的浪漫，并不都是风花雪月，春光明媚。在一个盛夏的晚上，我与周先生的"诗交"，就此中断。那天饭后，我拿了一卷新写的诗，刚要出门，妈把我叫住了。她拉着我，坚决不让我去周老师的家。她悄悄地告诉我，周老师被关起来了。我大吃一惊，想问个究竟。妈也讲不清楚，只是听说周先生新中国成立前在电台工作过，还当过什么小头头儿。出于对周家的同情，我这个划不清界线的书生，还是去了邻居家。

小小的茅草房里，我见到了周夫人和两个孩子。周夫人呆呆地坐着，头发凌乱，脸色苍白，衣服都被汗水浸湿了，泪水从眼眶里滴下来，也不去擦。女儿坐在妈妈旁边抽泣，儿子站在后边，睁着一对愤怒的眼睛。他们见我进来，没有招呼，没有答话。此时此刻，我能说什么呢？房子里静静的，死一样的沉寂，只有枫树上的知了，无忧无虑地唱着。

以后，我去了外地。几年后回到家乡。我看到，邻居的茅草房还在，只是茅草已经稀稀拉拉，里面空空的，没有人居住。我问家人，周先生一家呢？搬到哪里去了？母亲告诉我，当年周先生关在小屋里中暑了，被人发现，已经死亡。周夫人郁郁寡欢，后来得了癌症，前年也死了。他们的尸骨就埋在河边的小坟堆里。周先生的儿子离家谋生去了，谁也不知道去了哪里。女儿嫁了一个出身好的，不是本村人，出嫁后没有回来过，听说已有了孩子。

我是一个大男人，历经过许多艰辛，从未流过眼泪。听了妈妈的诉说，泪水怎么也禁不住。我在追思，那"茅屋里飞出的金凤凰"，没有飞多远，就被一阵无情的雷电打散了、打死了，连羽毛都不留一根。

周先生，你死了，在我的心里，你永远是我的诗友，我的老师，你谈诗论文的话语，时时回荡在我的耳边。周夫人，你离去了，在我的心里，你永远年轻、漂亮，你那"晒不黑的皮肤"，永远纯洁、靓丽。周先生的儿子，你一对愤怒的眼睛，永远刻印在我的脑海，我不能抚平你的伤痕，但我衷心地祝福你，祝你在未来的征程中快乐、如意。你们的女儿，会有人呵护，鲜花终将绽放在百花园里。

我情不自禁地来到周先生的坟前。墓碑上印着周先生和周夫人的照片。他们笑得很甜。真诚希望你们笑得长久，我脆弱的神经，不忍再看到你们的眼泪。不知是谁，在小土堆的两旁，栽了几颗枫树，密密的树叶呈深黄色，在微风中发出瑟瑟的声音。枫树上，有知了在唱歌，它们哪里知道笑容背后的泪花，只是一味地唱啊唱。听着知了的歌声，我的视线模模糊糊，不知不觉地，又滴下了酸楚的眼泪。

读诗的一点感想

朋友给我一首诗，说是从一个刊物上抄下来的，让我欣赏。作为一名文学爱好者，我对诗歌还是情有独钟的，便拿来细细品读。读了一遍，未解其意，再读，仍不知所云。我揉揉眼睛，又读数遍，还是欣赏不了。我说，我的欣赏水平有限，能否给我点拨一下。朋友浅浅一笑说，我也是看不懂才来求教于你的，哪里想到，一个老大学生，还是喜欢舞文弄墨的，竟然也不懂诗。

我自知才疏学浅，又不想在朋友面前献丑，就敷衍着说："让我再琢磨琢磨，另外抽时间交流。"

事后，我把这首诗拿给圈内几个朋友看，结果没有一人能讲出所以然来。有人猜出了一点意思，但大家感到太牵强，根本挂不上号。有人说，我们连业余诗人都称不上，太高雅的诗，哪里能欣赏，可以请教专业诗人或专家来点评，提高我们的欣赏水平。

朋友说得也是。于是，我把这首诗拿给一位称得上是诗人的朋友看。岂料这位专业人士也欣赏不了。他说，欣赏诗歌，还需了解诗的写作背景，我不知道写作背景，所以不知道作者要表达的意思。呜呼，兜了一大圈，还是一头雾水。难道非要我去问作者本人吗？再说，我到哪里去找作者呢？诗人写好后，为什么不在诗的底下加一个说明，让我们煞费苦心、苦苦去猜呢？

有些借古喻今的诗，读者需要懂得相关的历史知识；有些典故较多的诗，读者需要了解一些典故知识；有些抒发特定历史背景下的诗，确实需要了解诗人所处的历史环境。但不管如何，一首好的诗，必然引起读者的共鸣，尽管欣赏的程度有差异，基本的好坏还是能分清的。如果连圈内人士都看不懂，都不能欣赏，那究竟写给谁去看、去欣赏呢？

由此，我想到朦胧诗流派。我无意去评介朦胧诗的好坏，但我知道，朦胧诗的代表诗人舒婷、顾城等，他们的诗所以深受读者喜爱，并不是朦胧得让人看不懂，以晦涩博取高雅，而是隽永含蓄，给读者留下想象的空间。朦胧诗中能流传下来、广受欢迎的诗，都是意境深远、耐人回味、百读不厌的。而一些晦涩难懂，除了作者自己，很少有人看得懂的，不知所云的朦胧诗，是不会流传下来的。

我们读古诗的时候，常常看不懂。这主要是文字上的障碍。懂得了一点古汉语，是不难读懂的。唐代大诗人李白、杜甫的诗，尽管有浪漫和现实的风格之分，但都不晦涩，都给人以美的享受。李商隐的诗，似乎难懂一些，但细细品味，还是能嚼出味来。白居易的诗，诗人读给老妪听，老妪都听得懂。有谁能说他的诗写得不好呢？如果这些大诗人的诗，多数人都看不懂，能成为千古绝唱，流传至今吗？近代、当代一些著名诗人，如郭沫若、艾青、闻一多、臧克家等，他们的代表作都通俗而不失豪气和意境。

我们不能要求所有的人都能读懂和欣赏诗歌，因为诗歌毕竟是比较高雅的艺术，需要一定的文化底蕴。但一首好诗，应当让人产生感情上的共鸣，得到美的享受。如果连圈内人士都读不懂，都要去猜谜语，如何去欣赏呢？诚然，诗的风格必须丰富多样。明白如画的也好，朦胧的也好，直抒胸臆的也好，婉转曲折的也好，诗歌园地应当百花齐放。诗的好坏，不取决于风格，而是取决于诗的意境。含蓄不等于晦涩，通俗不等于乏味。只要是花，就要让人闻得到香味，看得到色彩，欣赏到美。

许多人说，现在诗歌趋于萎缩，受众面越来越小。写的人不少，看的人不多。这是很现实的问题。诗歌应当走出小圈子，像其他文艺作品一样，深入民间，深入基层，让更多的人喜爱。我不反对多数人看不懂的某些朦胧诗的存在，应当让他们在诗歌园地中有一席之地。但诗歌的主流应当让大家能够欣赏，能够喜爱，能够流传。

我对现代诗非常关注。很多爱情诗、哲理诗、情景诗、寓意诗，写得很好。这些诗都不晦涩，但意境很好，给读者留下丰富的想象空间。有些诗我都读了好几遍，并留下了我的读后感。很希望与这些作者结为诗友，切磋共勉。也希望诗友对我的诗进行批评和指点。